# 나는 아팠고, 어른들은 나빴다

나는 아팠고, 어른들은 나빴다

지은이

최재훈

## 1장 지독한 성장



## 2장 소수의 사랑

## 3장 고독한 위안



## 4장 해진 꿈과 인생

**5장 낮고 깊은 울림**

**6장 여성, 쉼표가 바꾼 시간들**

## 이토록 찬란하고 쓸쓸한 삶 속, 다양성 영화

나이가 들면 미래에 더 가까워질 것 같지만, 사실은 과거와 더 친밀해진다. 마음이 자꾸 쿵, 과거라는 중력에 이끌려 떨어지는데, 그게 제법 폭신폭신하기 때문이다. 영화가 그렇다. 타인의 이야기를 통해 내 삶을 기억해 보고, 등장인물들의 기억을 통해 다시 내 삶을 바라보는 낙하의 경험을 선물한다.

아주 보편적 정서를 담아내는 상업영화는 분명 아주 많은 사람들이 웃고, 즐기고, 소리치고, 환호하는 많은 것들을 담아내면서 신나는 재미를 준다. 상업영화는 뻥 뚫린 고속도로를 질주하는 버스, 활주로 위를 신나게 달리는 비행기처럼 많은 사람을 싣고 목적지를 향해 멈추지 않고 달린다.

하지만 다양성 영화는 꽉 막힌 고속도로에서 샛길로 빠져 길을 잃은, 혹은 타야 할 비행기를 놓쳐 망연자실하게 멈춰 선 작은 사람들의 종종걸음을 바라본다. 지도를 읽는 법을 모르는 길치에게 주어진 화살표일 수도 있고, 삐뚤빼뚤하지만 꾹 눌러쓴 일기처럼 흔적을 남기는 것일 수도 있다.

특별하지 않은 나를 닮은 사람들이 나오는 아주 많은 이야기 속에서 주인공들은 계속 깃발처럼 펄럭거린다. 매일 겪는 슬픔이 무겁고, 달라지지 않는 오늘이 지겹지만 계속 사람들은 펄럭인다. 그토록 사람들의 삶은 다채롭고 찬란해서 쓸쓸하다.

우리가 다양성 영화라 부르는 작고 내밀한 영화들은 작정 없이 시시한 삶을 무시하는 법이 없다. 평범한 사람들에게는 자라나는 일 역시 그냥 남다르지 않은 일상이라며 다독거리며 별 볼 일 없는 우리의 시간을 기억해 준다.

2020년, 전 세계를 휩쓴 전염병으로 삶이 휘청이다 못해 멈춰 버린 자리에서 사람들은 모두 웅크리는 시간 속에 있다. 먼 훗날 역사는 올해를 전 세계적인 전염병으로 몇 명이 감염되고 몇 명이 죽었는지 숫자로 기록할 것이다. 그렇다면 이 소동 속을 겪는 우리의 삶은 누가 기억해 줄까?

역사는 성수대교가 무너졌던 1994년을 32명이 사망한 것으로 기록하고 있다. 하지만 영화 <벌

새>는 32명 중의 한 명으로 영지라는 대학생을 영화 속으로 불러들여 그 잔잔하고 값진 삶을 기억한다. 다양성 영화는 그렇게 사람들을 기억하고, 그 기억으로 작은 마음들을 위로한다. 여기에 담긴 24편의 영화는 미세하게 다른, 보편적 정서를 지니지 않은 거친 마음들을 기억하는 영화들이다.

그렇게 내게 작은 영화란 나에게만 속삭이는 이야기. 많은 사람들이 공감하지는 않는 말. 멍 자국 위를 꾹 누르는 나쁜 손. 맨살에 입은 거친 옷. 로션 안 바르고 나온 날 맞은 찬 바람. 하여 더 아프고 더 지쳐 주저앉은 뒤에서, 그럼에도 살아 보자고 등짝을 빵 차 주는 그런 것이다. 하여 마냥 선량하지는 않은 것. 마냥 지 얘기만 하는 것 같지만, 결국 나를 위한 말 한마디는 지닌 무뚝뚝한 친구

같은 것이다.

이 책은 무겁게 영화를 평가하거나 분석하는 비평집이 아니라 영화를 통해 얻은 감각으로 써 내려간 에세이다. 어쩌면 모래알처럼 작지만, 또 별을 곁에 두어 반짝이는 우리 삶을 닮은 영화 24편을 통해 해졌지만 소중한 우리의 시간을 다시 토닥여 주면 좋겠다.

---

다양성 영화 多樣性 映畫

2007년 영화진흥위원회가 발표한 '시네마워크 사업계획안'에서 처음 언급된 이후 독립영화, 예술영화, 다큐멘터리 영화 등 대규모 제작비가 투입된 상업영화와 달리 소규모의 제작비가 투입된 작은 영화들을 총칭하는 용어로 사용되고 있다.

## #1

사실 우리의 어린 시절은
낭만적이지도 예쁘지도 않았다。
울렁거림에 가까운 소동의 시간 속
나는 아팠고、어른들은 나빴다。
어른들은 모두 겪는 일이라고
대수롭지 않게 여기는 그 어린 날의 시간들은
왜 그렇게 날을 세워 날카로웠는지…。
어린 시간들을 토닥여주는 영화로、
이제 내 어린 날도 살포시 안아주자。

제 일장

# 지독한 성장

영화 01 <우리들>

Film 01 <THE WORLD OF US>

## 친구, 나의 첫 번째 타인

괴괴한 소동의 시간이다. 아이들이 겪는 매일 매일은 그렇게 혼란 속에 갇혀 있지만, 종종 무심한 어른들의 말과 시선은 아이들의 맘에 가닿지 못하고 허공으로 증발한다. 어른들은 자신들도 치열하게 겪었던 일들을 되짚어 기억하지 못한다. 그래서 아이들의 세상이 그저 안온한 평화의 시간이라 믿는다. 사실 매 학기가 시작될 때마다 아이들은 어떤 친구를 만나, 어떤 관계를 맺을지 두렵다. 아이들에게 친구는 가족 이외에 처음으로 관계 맺고 사랑하는 첫 번째 타인이기 때문이다. 그래서 친구가 내게 돌린 등이 그 어떤 것보다 무섭다. 그래서 누군가를 괴롭히고 고립시켜서라도, 더 강한 결속력으로 자신을 친구들과 단단히 묶어 두려 하는 건지도 모르겠다.

0 20

**이토록 치열한 시간 속, 우리**

〈우리들〉은 아이들이 피구 팀을 짜는 에피소드로 시작한다. 팀장끼리 가위바위보를 해서 팀원을 뽑는 방식이다. 주인공 선(최수인)은 마지막까지 뽑히지 않은, 끝까지 누구도 원하지 않는 외톨이다. 여름방학식 당일 지아(설혜인)가 전학을 오고, 첫 인사를 나눈 인연으로 선과 지아는 방학 내내 친한 친구로 지낸다. 하지만 개학과 함께 선과 지아의 사이는 위기를 맞는다. 공부도 잘하고 친구도 많은 보라(이서연)와 지아가 친해졌기 때문이다. 보라는 선과 지아 사이를 묘하게 이간질하고, 사소한 오해가 깊어져 결국은 머리채를 잡고 싸우는 지경에 이른다.

아이들이 일 있을 게 뭐 있어? 그냥 학교 가고 공부하고 친구하고 잘 놀면 되지.

주인공 선의 아빠는 영화 속에서 대수롭지 않게 위와 같이 말한다. 그처럼 어른들은 아이들의 세계를 안온한 일상으로 받아들이지만, 아이들은 매일 생존의 문제를 겪는다. 관계가 어려운 〈우리들〉의 주인공 선에게 학교, 공부, 친구는 모두 지독하게 어려워 풀기 힘든 숙제와도 같다. 학교에 가고, 공부를 하고, 친구들과 만나는 것 자체가 어린 소녀에게는 치열하고도 지독한 짐이라는 것을 이해할 리가 없는 부모 앞에서 관계에 서툴고 표현에 능숙하지 못한 소녀 선은 입을 꾹 다물 수밖에 없다.

〈우리들〉은 칼날처럼 날카롭고 지독해서, 끝내 생채기를 입는 서툴고 힘들었던 어린 시절, 그 생존의 이야기를 담는다. 누구나 한번쯤 경험해 보았을 인간관계의 어려움과 그 성장의 과정 속으로 쑥 들어간 카메라의 시선 속에 유년시절의 낭만이나 교과서 같은 교훈이 끼어들 틈이 없다. 당연히 관조적인 결말에 이르지도 않고 대안을 내어놓지도 않는다.

딱히 잘못한 것도 없이 왕따를 겪는 선의 감정 속으로 깊이 들어가 편을 먹지도, 누군가를 괴롭혀 끝내 자신을 돋보이게 하려는 보라에게 딱히 적대감을 드러내지도 않는다. 그렇게 윤가은 감독은 끝내 누구 편도 들지 않고 누군가를 비난하는 법도 없이 11살 소녀들의 이야기를 건조하게 훑어낸다.

아이들과 쉽게 어울리지 못하는 소녀 선에게 학교는 고독하고 힘든 공간이다. 따돌림을 당하고 있는데 이유를 도통 알 수가 없다. 여름방학이 막 시작되는 날, 교실 앞을 서성이던 전학생 지아는 그래서 선이에게 특별하다. 금세 친구가 된 두 소녀는 방학 동안 즐거운 시간을 보낸다. 또래 소녀들처럼 누구에게도 쉽게 말한 적 없는 내밀한 이야기를 공유한다. 하지만 새 학기가 시작되고 다시 만난 지아는 달라져 있다. 선을 계속 괴롭히던 보라의 곁에서 지아는 계속 선을 밀어낸다.

서로에게 상처를 주고, 다른 아이들과의 관계에서 오해가 쌓이면서 선과 지아는 끝내 서로만 알고 있어야 할 비밀을 아이들 앞에서 토해내고 만다. 상대방의 말이, 미처 꺼내지 못한 마음이 무엇인지 알지 못한 채, 말이 되는 순간 무너져 버리는 위태로운 관계를 지탱하는 것이 결국 외면과 부정이라는 사실을 깨닫게 되는 순간, 오롯이 나를 방어하려는 말은 타인에게 폭력이 된다. 이미 알고 있지만, 듣고 싶지 않은 말은 다시 생채기가 되어 돌아온다.

**이토록 서툰 시간 속, 우리**

연기 경험이 거의 없는 아이들의 자연스러운 연기 덕분에 관객들은 더 쉽게 주인공의 이야기에 동화된다. 윤가은 감독은 아이들에게 각각의 상황만 설명하고, 그 상황 속에서 아이들의 반응에 따라 대사를 현장에서 직접 썼다고 한다. 어른들에 의해 가공되지 않는 아이들의 말투와 감정이 고스란히 전달되는 이유다.

윤가은 감독은 생존과 다름없는 아이들의 시간을 그리기 위해 다양한 상징을 사용하는데, 이 영화에서 세 번 등장하는 피구 장면은 인물과 그들의 투쟁, 그리고 미래를 오롯이 상징한다. 편 가르기에서 마지막까지 선택받지 못하고, 날아오는 공 한번 맞아보지 못한 채 금을 밟았다며 바깥으로 몰려나 버린 소녀는 여전히 중심으로 들어가지 못하고 밀려난다. 윤가은 감독은 진심과 적의를 능숙하게 감추지 못하고 너무나 투명해 곧 깨져 버릴 것처럼 아슬아슬한 아이들의 질투와 두려움을 피구를 통해 내밀하게 포착해 낸다.

〈우리들〉은 11세 소녀들의 풋내 나는 관계 속에서 우리들이 끝내 풀어내지 못했던 어긋난 관계의 어려움과 그 지난하고 답답한 속내를 들여다본다. 무언가를 감추거나 타인을 배려하는 법을 배우지 못한 소녀들은 진심에 가닿지 못하고 자꾸 서로의 맘을 튕겨 내거나 뜻하지 않은 순간 뒤통수를 가격한다.

여기에 나이 들어서도 여전히 관계가 서툰 어른들의 모습을 살포시 겹쳐둔다. 손 한번 제대로 잡지 못하고 용서하는 법도 없이 미워하던 아비를 잃고 통곡하는 선이의 아버지는 여전히 자식들과의 관계에서도 서툰 사람이다. 그 뒷모습이 쓸쓸한, 늙었지만 충분히 자라지는 못한 우리 어른들의 모습과 아주 많이 닮았다.

**-그럼 언제 놀아? 친구가 때리고**
**나도 때리고 친구가 때리고.**
**나 그냥 놀고 싶은데.**

---

**<우리들>** (2015)

---

개봉일 2016년 6월 16일
관객수 51,173명
감독 윤가은
출연 최수인(선 역), 설혜인(지아 역),
이서연(보라 역), 강민준(윤 역)

## 영화 02 〈보희와 녹양〉

## Film 02 <A Boy and Sungreen>

## 모래알이면 어때, 반짝이잖아

어떤 사람은 꾹꾹 눌러 담아 배가 볼록해진 여행 가방처럼 삶이 묵직해야 한다고 생각한다. 어떤 사람은 뒷장에 자국이 남을 만큼 꾹꾹 눌러 살아야 한다고 매일 되뇐다. 또 어떤 사람은 젊은 시절, 시련의 깊이만큼 훌쩍 자라날 거라 믿는다. 하지만 매일 쓰러져 아프지만 뒷걸음질 치는 삶도 있고, 시시해 보여도 그 삶이 썩 나쁘지 않다고 생각하는 사람도 있다. 사실 특별한 시련을 겪어 훌쩍 어른이 된다는 성장담은 어쩌면 믿어 보고 싶은 판타지인지 모른다. 모래알처럼 수많은, 별 볼 일 없는 시간이 쌓이다 보면 어느새 나이가 들어 버린다. 평범한 사람들에겐 자라는 일 역시 그냥 남다르지 않은 일상일 뿐이다.

**시시해도 괜찮아**

엄마와 단둘이 사는 보희(안지호)와 할머니, 아빠와 함께 사는 녹양(김주아)은 같은 날, 같은 병원에서 태어난 친구다. 보희라는 이름을 가진 소년은 왜소하고 섬세하고 녹양은 씩씩하고 당찬 소녀다. 엄마가 낯선 남자와 사귀는 것을 보고 가출을 결심한 보희는 이복누나 집을 찾아갔다가 우연히 어린 시절 죽었다고 생각했던 아빠가 살아 있을지도 모른다는 사실을 알게 된다. 늘 카메라로 뭔가를 찍는 녹양은 아빠를 찾아 나선 보희를 도우면서, 그 과정을 카메라에 담는다.

사라진 아빠를 찾는 동안 보희는 새로운 사람들을 만나는데, 모두가 선량한 어른들이다. 누나 남희의 집에서 동거하는 성욱(서현우)은 보희에게 아빠와 함께 나누지 못했던 남자들만의 스킨십(목욕탕에서 서로 등을 밀어 주는)을 함께하며 온전한 내 편이 되어 준다. 처음 만난 대학교수도, 엄마의 새로운 남자친구도, 밉살스러워 때려 준 친구 부모조차 모두 보희에게 다정하다.

〈보희와 녹양〉에 등장하는 인물들은 한결같이 사람의 형상을 한 외로움 덩어리들인데, 이들은 서로의 구멍을 들여다볼 줄 안다. 아버지가 없거나, 어머니가 없거나, 둘 다 없거나, 남편이 없거나, 모두 가족 구성원이 조금씩 적다. 하지만 마음이 선량하고 넉넉해서 예쁜 사람들이다. 타인이지만, 결국 하나의 울타리 속에서 서로를 응원하는 유사가족 혹은 친구로 남는다.

아버지의 비밀, 그것이 보희가 아버지 없이 자란 이유이고, 보희의 엄마가 혼자 남겨진 이유이기도 하다. 하지만 숨겨진 사실을 알게 된 후에도 보희의 마음에는 그늘이 지지 않는다. 보희는 아버지를 원망하는 대신, 자신에게 남아 있는 것들을 더 소중히 여기는 아이가 된다. 안주영 감독은 그저 모래알마냥 특별할 것 없는 아이들을 통해, 작은 상처들과 그것을 위로하는 진심들이 모여 현재의 내가 만들어졌다는 사실을 느끼게 한다. 그래서 대단한 성장담은 없지만, 우리 모두 조금씩 자라나 지금의 내가 되었다는 사실을 긍정하게 한다.

## 작정 없이 자라는 우리들

〈보희와 녹양〉은 2016년 미장센단편영화제에서 〈옆 구르기〉란 작품으로 희극지왕 부문 최우수작품상을 수상한 후, 한국영화아카데미 장편과정을 통해 만든 작품이다. 보통의 성장 영화들이 아이들을 지독한 통증 속에서 허우적대게 만드는 것과 달리, 안주영 감독의 영화 속 소년과 소녀는 별의 곁에서 충분히 물을 맞으며 자라나는 작은 풀잎들 같아 귀엽다.

영화광 출신답게 첫 장편 영화를 통해 영화가 주는 위안, 영화라는 메타포를 자꾸 끼워 넣는다. 영화의 도입부, 한 남자가 물속으로 사라지는 영화의 엔딩 장면을 보며 눈물을 흘리는 보희의 모습으로 시작한다. 보희와 녹양이 투덕대면서 극장을 빠져나가면 영화 속 영화의 엔딩 타이틀이 뜨는데 그 제목이 〈보희와 녹양〉이다. 보희와 녹양의 이야기는 영화 속 영화가 끝나는 순간, 비로소 시작되는 셈이다.

사실 아무리 좋은 영화를 봐도 내 인생이 휘

청거릴 만큼의 변화를 겪지는 못한다. 안주영 감독은 이 장면을 통해 우리의 삶이 영화를 보는 순간에도, 영화가 끝난 후에도 별다를 것 없이 일상적으로 이어진다는 것을 보여 준다. 시시한 것 같아 보여도, 특별해지지 않더라도 시간은 흐른다. 그러니 멈춰 있다고 생각되는 순간에도, 내리막길이라고 생각하는 순간에도 우리의 시간은 계속 앞으로 나아간다.

녹양은 영상을 찍어 뭘 하려냐는 어른의 질문에 '꼭 뭘 해야 하냐고, 찍다 보면 뭔가가 만들어지지 않겠냐'고 되묻는다. 소소한 아이들의 일상 속으로 들어가, 아빠 찾기라는 에피소드조차 요란스럽지 않게 품어내는 〈보희와 녹양〉은 살짝 내 몸을 감싸 준 맑은 날의 바람 같은 영화다. 그래서 격한 감동 대신 잔잔하게 설핏 미소를 짓게 만든다.

감독은 세상의 이치를 깨닫기 전 온통 수수께끼투성이인 세상의 기호 속에서 아이들과 덜 자란 어른의 고독과 외로움, 상실을 동정하지 않는다. 그래서 작정 없이 시시한 삶을 무시하거나 거짓말을 비난하지 않는 감독의 시선이 딱 우리의 눈높이에서 마주친다. 마음을 못나게 만드는 결핍은 흔히 타인에게 생채기를 내는 법인데, 〈보희와 녹양〉 속 인물들의 부족함은 타인을 더 넉넉하게 품어내는 결이 된다. 그 마음들이 모래알처럼 작지만, 또 반짝반짝하다.

– 찍는 건 그냥 찍고 싶어서 찍는 건데, 꼭 뭘 해야 해요?

**<보희와 녹양>** (2019)

| | |
|---|---|
| 개봉일 | 2019년 5월 29일 |
| 관객수 | 6,038명 |
| 감독 | 안주영 |
| 출연 | 안지호(보희 역), 김주아(녹양 역),<br>서현우(성욱 역), 신동미(보희 엄마 역) |

# 영화 03 〈벌새〉

# Film 03 <House of Hummingbird>

## 속삭임 크기의 외침

기억에는 스토리가 없다. 갑작스런 비에 눅눅하게 젖었던 신발의 습기, 쿵 떨어진 심장 위로 쏟아지던 햇살, 귓속말로 목덜미를 간질이던 친구의 숨결, 바람맞고 돌아오던 길에 맡았던 찬란한 꽃향기…. 기억은 기승전결 없이 그 순간의 감각과 정서로 남는다. 돌이켜 보면 대부분 기억은 억울하고, 분했던 그 시간을 끈질기게 붙잡아 한 덩어리로 만든다. 그래서일까? 툭 끊어진 다리 저편에서 건너오는 법을 모른 채 남겨진 과거가 자꾸 오늘을 향해 돌팔매질을 한다.

### 사람을 기억하는 이야기

1994년 서울 대치동. 중학교 2학년 은희(박지후)는 떡집을 하는 부모님(정인기, 이승연)과 언니(박수연), 오빠(손상연)와 함께 살고 있다. 툭하면 은희를 때리는 오빠와, 그런 오빠에게만 관심 가지는 부모님, 공부를 못해 대치동에 살면서 강북에 있는 고등학교를 다니는 언니는 은희에게 관심이 없다. 친구 지숙과 남자친구인 지완과의 관계가 유일한 위안이다. 어느 날 은희가 다니는 한문학원에 김영지(김새벽) 선생님이 한문 선생으로 왔다. 영지 선생님은 다른 어른들과는 달리 은희의 마음을 이해하는 것 같다.

1994년, 김일성 주석이 사망했고, 성수대교가 무너졌던 그 해 과거는 중요한 사건만을 기록한 역사로 남았지만, 그 시간 속에 살아가는 개인의 인생은 어디에도 기록되지 않고 흘러간다. 심지어 평범한 사람들의 죽음은 역사 속에서도 각자의 이름을 남기지 않는다. 김일성의 죽음은 역사로 기록되었지만, 성수대교 붕괴에서 사망한 사람들은 32명이라는 숫자로만 기록되었다.

그런 점에서 〈벌새〉가 바라보는 시간은 남다르다. 과거를 되짚지만 한 사람의 시간을 덩어리나 감각, 사건이 아닌 이야기로 기억한다. 카메라는 은희라는 한 소녀의 평범한 일상 속으로 내밀하게 들어가, 소소한 일상처럼 보이지만 그 속에서 매일 전쟁을 치르고 있는 소녀의 심장 소리에 귀 기울인다.

흔한 영어학원이나 수학학원이 아닌 한문학원이라는 변두리 공간을 이야기의 중심으로 끌어오며 〈벌새〉는 사람들이 중요하다고 생각하지 않았던 것들을 자꾸 가운데로 끌어 온다. 성수대교 붕괴로 갑자기 사라진 사람들, 직접 등장하지 않았지만 철거 현장에서 끝내 살아남으려 했던 사람들에 대해서도 잠깐 멈춰 서서 들여다보는 시간을 가진다. 한밤중에 갑자기 찾아와 속절없는 소리만 하고 외삼촌이 떠난 후, 한참 동안 꺼지지 않는 현관 불빛처럼 김보라 감독은 아주 소소하게나마 사람의 흔적을 기억하고 존중하며 화면에 담는다.

첫 장면, 은희는 현관문을 거세게 두드리며 엄마를 부른다. 열리지 않는 문을 향한 은희의 외침은 간절하지만 끝내 문은 열리지 않는다. 문득 은희는 호수를 보고 깨닫는다. 다른 집이다. 은희는 가끔 헷갈려도 전혀 이상하지 않을 만큼 똑같은 집들이 나란히 위치한 복도식 아파트에 살고 있다. 가장 내밀하고 안전해야 할 소녀의 방은 늘 개방되어 있다. 사람들이 오가는 복도를 향해 창이 나 있는 은희의 방에는 언니의 남자친구도 불쑥 찾아와 자고 간다. 똑같은 크기, 비슷한 가격, 평준화된 삶 속에 갇힌 것 같은 은희는 오롯이 자신으로 빛나고 싶다.

**심장은 유리 같은 것**

2011년 김보라 감독의 <리코더 시험>이란 영화는 <벌새>의 프리퀄 같은 작품이다. 강남에 살지만 부유하지는 않은 방앗간집 딸 9살 은희가 리코더라도 잘 불어 어른들에게 사랑받고 싶다는 소박하지만 간절한 소망을 담아낸다. <벌새>와 비슷한 가정환경, 같은 이름을 가진 은희의 이야기는 <벌새>와 함께 이어 봐도 좋을 작품이다.

<벌새>는 굳이 뭔가를 설명하지 않으며 영화 속 당사자만이 알 수 있는 미묘한 감정들을 퍼즐처럼 툭툭 던진다. 관객들의 마음에 비슷한 모양의 빈칸이 있다면 꼭 들어맞을 것이다. 하지만 굳이 마음에 끼워 맞춰지지 않아도 상관없다. <벌새>는 모두가 공감하는 보편적 정서를 공유하는 것이 아니라, 지극히 개인적인 한 사람의 이야기 속에서 나와 같은 조각을 발견해 보는 영화다.

각자 저만 힘들다고 소리치느라 옆 사람의 목소리를 듣지 못하는 은희 가족의 모습에서 관객들은 상처 때문에 못나진 우리의 마음을 발견한다.

은희는 길에서 우연히 만난 엄마를 큰소리로 외쳐 부른다. 하지만 엄마는 끝내 은희의 목소리를 듣지 못하고 멍하니 무언가를 바라보다 사라진다. 늘 곁에 있지만 사실 내 외침을 듣지 못하는 엄마의 부재는 은희에게는 근원적인 불안이었다.

죽어라 싸우던 부모가 다음 날 아무렇지도 않게 시시덕거리는 모습은 이상하게 아프다. 엄마가 휘두른 스탠드 유리 조각이 박힌 곳은 아버지의 살갗이 아니라 아이들의 마음이었을 것이다. 어느 날 문득 은희는 소파 밑에서 유리 조각을 발견한다. 다 치웠다고, 다 잊었다고 생각하지만 불쑥 흉터처럼 남아 떠도는 기억은 여전히 뾰족하다.

뭉툭해지지 않는 마음의 상처를 줄곧 환기시키지만 감독의 시선은 한문 선생님 영지처럼 사려 깊다. 전후 사정을 캐묻지 않고 꼭 필요한 정서와 분위기를 전달하는 것으로 마음을 보듬어낸다. 극중 영지의 낮고 읊조리는 편안한 목소리가 마음을 감싸듯, 이야기는 줄곧 낮고 고요하다. 평화로워서가 아니라, 공기 속 울렁이는 온도가 적당해서 평온함을 준다.

이제껏 어른들에게 들어 보지 못하는 이야기를 들려준다는 점에서 극 중 영지는 흔하게 만나기 어려운 진짜 어른이다. 처음 만난 아이들에게 반말을 하지 않는 어른, 신기하지도 아름답지도 않은 세상을 아름답다고 말하는 어른, 얼굴이 아닌 마음을 아는 어른이지만 문득 사라져 마음에 얼룩을 남기고야 만다.

어쩌면 영지의 모습으로 자라날 것 같은 은희는 펄럭이며 살아 있다. 누군가가 사라진 후에도, 매일 겪는 슬픔이 무겁고, 자기를 좋아한다던 남자친구와 후배가 하루 아침에 마음을 바꿔 서운하고, 잔뜩 들뜬 친구들의 소음 속에 섞이지 못하지만 은희는 아무도 봐 주지 않는 플래카드처럼 계속 펄럭인다. 아주 가까운 곳에서 세밀하게 귀 기울여야 들리는 속삭임 크기의 외침이다.

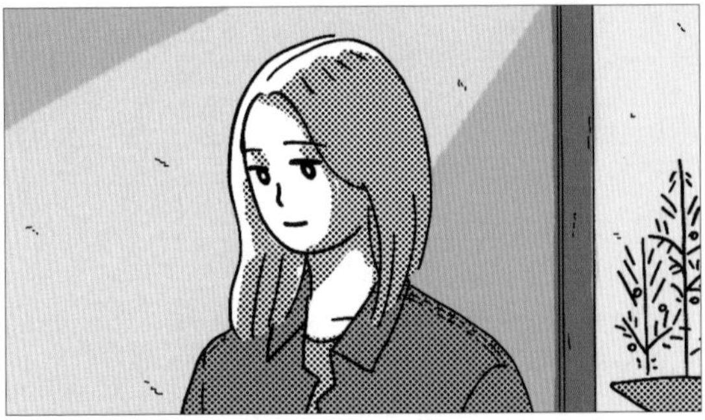

– 상식만천하 지심능기인(相識滿天下 知心能幾人).
서로 얼굴을 아는 사람은 세상에 가득하지만
마음까지 아는 사람은 얼마나 있을까.

**<벌새>** (2019)

개봉일 2019년 8월 29일
관객수 147,682명
감독 김보라
출연 박지후(은희 역), 김새벽(영지 역),
정인기(아빠 역), 이승연(엄마 역)

# 영화 04 〈남매의 여름밤〉

## Film 04 <Moving On>

## 시절의 기억, 그 시간의 그리움

어떤 것들은 사라지지 않는다. 하나의 덩어리로 기억되는, 뽀얗게 먼지를 뒤집어쓴 상자 속 인형처럼 시절은 기억이라는 상자에 담겨 어딘가에 살아 있다. 쫓기듯 떠나온 집과 눈치 보며 살아야 했던 어린 시절의 쓰린 아픔도 기억이라는 상자에 담기면 폴짝 뛰어들고 싶어질 만큼 폭신폭신하고 몽글몽글한 감각으로 남는다. 그곳, 그곳의 삶, 그리고 뭉툭하게 끊어낸 그 시절 속 사람들이 어쩐지 정겹다. 아무 말 없이 소파에 앉아 납작하게 웃던 할아버지도, 염치라는 것 때문에 괜찮지 않았던 시간들도, 좋아하는 마음보다 더 큰 창피함에 달아났던 언덕의 가쁜 숨도 그리움이라는 단어로 쓱 뭉개버릴 수 있는 것이 마법 같은 단어, '시절'이다.

## 그 시절의 기억을 그리워하다

옥주(최정운)는 남동생 동주(박승준), 이혼한 아빠(양흥주)와 함께 여름방학을 할아버지 집에서 지내게 된다. 가짜 신발을 파는 아빠의 돈벌이가 잘되지 않아서인 것 같지만 낡고 작은 집을 떠나 이층 양옥집에서 사는 것은 그리 나쁘지 않다. 건강이 나빠진 할아버지의 소식을 듣고 고모(박현영)까지 집으로 들어오면서 그 여름의 그 시절이 시작된다.

윤단비 감독은 2014년 단편영화 〈불꽃놀이〉를 만든 이후 첫 번째 장편영화 데뷔작 〈남매의 여름밤〉을 통해 서울독립영화제는 물론 로테르담 국제영화제 등 국내외 영화제를 통해 그 작품성을 인정받았다. 〈남매의 여름밤〉은 그 제목처럼 남매가 겪는 여름 한 철을 무덤덤하게 담아내는 영화다.

영화에는 두 남매가 나온다. 아빠와 고모, 그리고 옥주와 동주 남매다. 할아버지 집에 모인 어린 남매와 이혼한 남매는 가끔 토닥거리지만 다시 서로를 위한 든든한 가족이 된다. 윤단비 감독은 문득 그리워지는 시간, 별것도 없는데 아련해지고야 마는 우리의 어떤 시절을 상자 안에 가득 담아 관객들 앞에 툭 던진다.

그 속에는 아주 많은 것이 담겨 있다. 작은 텃밭에서 따 올린 고추의 질감, 입안에서 톡 터지던 방울토마토의 식감, 둥그렇게 등 돌리고 앉았던 어깨, 머리카락 위로 피어오르던 담배 연기, 어려서 어리석었던 실수들이 마치 내 이야기처럼 스며든다. 답답하고 싫지만 미워하진 않았던 가족과 언제나 많이 부족해 보이는 나 자신이 그 속에 있다.

내 곁을 떠나 밉지만 그만큼 더 그리운 엄마처럼 마음은 갈피를 잡지 못하고, 어수선한 시간들은 평범한 시간 속에 자꾸 얼룩을 남긴다. 지긋지긋한 그 시절을 피해 달아난 것은 우리 자신이지만 그곳에 동그마니 남은 것 역시 우리 자신이라고 말하는 것 같다.

## 그 시간의 그리움을 기억하다

가족이라는 화두에는 어쩔 수 없이 오래 묵은 군내가 난다. 그래서 미간을 찡그리게 되지만 다시 찾게 되는 묘한 맛의 발효음식 같다. 지긋지긋하지만 기억이라는 덩어리 속에는 묘하게 그리움이 담긴다. 달아났던 것 같은데 어느새 다시 돌아와 있는 그 덩어리는 멀리 던져 버렸다 생각했는데 언젠가 내 손에 쥐어진 부메랑 같다. 그리고 가족이라는 기억에는 보들보들 정서적 위안이 되는 복숭아 껍질 같은 촉감이 담겨 있다. 그래서 누군가에게는 알레르기를 일으키기도 하지만….

〈남매의 여름밤〉은 삶과 죽음, 염치와 현실 사이의 이치를 알아 가는 어린 남매의 성장 영화이면서 제 삶 하나 제대로 어쩌지 못하는 늙은 남매가 그럼에도 살아 보는 이야기이다. 아빠와 고모라는 남매를 보고 있으면 옥주와 동주 남매의 미래처럼 보인다. 감독은 결핍은 있지만 평범한 두 남매 사이에 가족의 '죽음'을 덤덤하게 녹여낸다. 사실 누구에게나 이번 생은 처음이라 어른이 된다고 더 나아지거나 더 좋아지는 것은 없다. 삶은, 그리고 갑자기 맞아야 하는 죽음 앞에서 사람들은 여전히 서툴고 어색하다.

영화에서 가장 돋보이는 것은 하지 않은 것 같은 연출, 하지 않은 것 같은 연기 그 자체다. 윤단비 감독이 그려내는 인물들은 특별하지 않게, 딱 바로 내 가족, 내 이웃처럼 보이는 배우들이 기본적으로는 선량하지만 딱 그만큼 이기적이고, 또 그만큼 어리석은 우리의 모습을 닮았다. 그래서 그들의 여름은 맑지도 어둡지도 않은 색감처럼 특별한 기승전결 없이 흘러가는 단편의 덩이다. 무덤덤한 일상 속에 가끔 사랑의 설렘과 가족의 죽음이 끼어들지만 삶은 휘청대는 법 없이 무덤덤하게 흘러간다.

철없는 삶과 덧없는 죽음 사이에서 우리가 느끼는 감정이 그리움인지, 그리움에 대한 기억인지 영화는 묻는다. 결국 되돌아와 의지하게 되는 할아버지의 집처럼, 우리의 과거는 단단하고 낡은 집처럼 아늑하고도 아득하게 우리의 마음에 벽을 친다. 영화의 도입부 낡은 집을 떠나 할아버지 집으로 들어가는 승합차를 카메라가 훨씬 앞서 달린다. 주인공들은 카메라를 쫓아가지 못하고 뒤처진다. 어쩌면 허덕대며 뒤쫓거나, 헐떡대며 달아나려 했지만 시간보다 한 발짝 늦었던 그 시절의 나처럼 보인다.

– 우리가 싸운 적이 있었나? 기억이 안 나네.

**<남매의 여름밤>** (2020)

개봉일 2020년 8월 20일
관객수 22,255명
감독 윤단비
출연 최정운(옥주 역), 양흥주(아빠 역), 박현영(고모 역), 박승준(동주 역)

## #2

사랑。

누군가에게는 예쁜 시간이지만、누군가에게는
어둠을 기어 다니는 시간이다。
흔히 다르다고 생각하지만 사실 전혀 다르지 않은
사랑 앞에 선 사람들이 있다。사람과 사랑 사이의
높은 벽 앞에 멈춰선 사람도 있고、외면하고 달아나는
사람도 있다。그날、내 사랑을 등 돌려 피했던
그 겁 많은 시간을 누가 탓할 수 있을까?
그렇지만 타인을 사랑하기에 앞서 내가 나를 사랑해야
한다는 것을、볕으로 한 걸음 성큼 나아가야
한다는 것을 이야기하는 영화가 있다。

# 제 이장

# 소수의 사랑

## 영화 05 <야간비행>

## Film 05 <Night Flight>

## 차갑고 시린 발, 내민 손의 온기

차갑고 시린 바닥에 맨발로 선 아이들이 있다. 누군가는 잠시나마 따뜻하라고 뜨거운 물을 부어 주기도 하고, 누군가는 양말을 툭 던져 줄 수도 있을 것이다. 그리고 대부분은 그냥 무심하게 지나쳐 갈 것이다. 그렇게 시린 시절을 나도 보냈다고, 한때라고, 차갑고 시리니 청춘이라는 말을 무용담처럼 하는 사람도 있을 것이다. 〈야간비행〉은 마음이 시리고 외로운 사람들의 맨발을 꾸역꾸역 이렇게라도 들여다보자고 말하는 영화다. 그렇다고 따뜻한 물로 발을 씻겨 주고, 깨끗한 양말과 신발까지 신겨 주는 이상적인 결론을 얘기하진 않는다. 대신 그들에게 손을 내밀어, 따뜻한 손의 온기를 전하고 피곤하면 잠시 곁에서 쉬어 가라고 말한다.

**퀴어와 큐어, 그 사이의 어딘가**

명문대 진학이 목표인 우등생 용주(곽시양)와 일진짱 기웅(이재중)은 중학교 시절 절친이었지만 고등학교에 진학하면서 서로 엇갈린 학교생활을 한다. 함께 중학교를 다닌 기택(최준하)이 괴롭힘을 당하자, 용주는 그를 감싸지만 기웅은 그들을 외면한다. 용주의 엄마(박미현)는 홀로 용주를 키우며 바르게 살려고 노력하지만 그 보살핌만으로는 뭔가 모자란다. 친구보다는 성적이 중요하다는 학교 선생의 태도는 그 자체로 폭력적이다. 집도, 학교도, 친구도 뭐 하나 뜻대로 되는 것 없는 세상 속에서 용주는 기웅에게 손을 내밀고, 기웅도 마음이 흔들린다.

이송희일 감독의 이전 영화에 등장하는 남자들은 늘 덜 자라 미숙한 성인이다. 짝지어 등장하는 커플도 노동자-사장, 군대 선임-후임, 선생님-제자, 승무원-퀵서비스 배달원 등 사회적 시스템에서 더 많이 가진 자와 덜 가진 자, 권력을 휘두를 수 있는 자와 복종해야 하는 자로 대부분 이분화되어 있다. 한국사회는 강압과 계급, 그 구조에서 벗어날 수 없다는, 그 속에서 소수자들은 결핍과 비밀이라는 그늘에 가려져 있다는 인식이 담겨있는 것 같다.

〈야간비행〉을 통해 덜 자란 소년 같은 남자들의 이야기에서, 정말 소년의 이야기로 시선을 내리면서 이송희일 감독은 이전 작품보다 훨씬 더 많은 사람들의 이야기를 다양하게 영화 속에 끌어들여온다. 그래서 더욱 풍성해진 관점으로 아이들의 성장을 이야기한다. 그리고 정체성의 혼돈 속에서 무르익지 않아 떠도는 동성애적 기류를 영화 전반에 깔아둔다.

이송희일 감독의 이전 작품 속 주인공은 어디론가 달아나거나, 달아나려 하거나, 훌쩍 떠나 버릴 수 있는 또 다른 선택이 가능한 사람들이었다. 물론 시스템의 강한 그물에 걸리거나, 팽팽하게 당겨진 끈으로 묶여 그 구심점으로 되돌아올 수밖에 없는 현실과 마주한다. 〈야간비행〉 속 소년들은 늘 길 위를 떠도는 모습을 보여 주지만, 해가 뜨는 순간에는 다시 학교라는 곳으로 되돌아올 수밖에 없다. 폭력적인 조직 속에서 살아남기 위해서 아이들은 가해자, 피해자, 방관자의 모습으로 얼굴을 바꿔 간다.

**이토록 낙관적 미래**

영화 제목을 들었을 때 먼저 생텍쥐페리의 소설 『야간비행』을 떠올리겠지만 사실 영화 속에서는 용주가 숨어들어 숨을 쉬는 공간, 폐업한 야간업소의 이름이다. 폭풍우를 뚫고 비행하는 파비앙과 끝까지 그를 기다리는 리비에르의 모습, 어두운 밤 거칠게 헤쳐 나가야 하는 청소년들의 삶을 의미하기도 한다. 학교, 가족, 정체성 등의 문제로 고민하고 있는 많은 청소년들에게 위로와 격려가 될 법한 영화이다. 그렇게 물기 없는 삶 속 아이들에게 따뜻한 손을 내밀지만, 정작 청소년들은 등급 때문에 이 영화를 볼 수가 없다.

<야간비행>의 관계는 학교라는 구조에 갇혀 있기에 훨씬 더 좁고 폭력적이다. 그리고 어린 남자들로만 이루어진 집단이라는 그 미숙함 속에 우리가 우정과 의리, 배신과 연민이라 부르는 감정들 역시 서툴고 모호하다. 확고한 신념이 없기에 지금 자신이 붙잡고 있는 권력도, 우정도, 그런 관계 역시도 배신이라는 이름으로 등 돌릴 거라는 불안감

에 사로잡혀 있다.

아이들은 강한 척하지만 늘 약하고, 늘 혼란스럽지만 아닌 척한다. 자신을 견고하게 지킬 방법이 배신이라고 믿는 아이도 있고, 폭력으로 자신의 약함을 위장하는 아이도 있다. 학교라는 무디고 딱딱한 조직은 아직 어린 아이들이 스스로를 고민하고 정비할 최소한의 시간도, 자유도 허락하지 않는다. 권력과 그 구도의 꼭짓점에서 다양한 캐릭터와 손을 맞잡는다.

이송희일 감독은 사회, 경제적인 의미에서의 계급과 그 조건들 때문에 생겨나는 신파를 굳이 숨기려 하지 않는다. 차가운 현실 속에서도 뭉클 피어오르는 아름다운 순간들과 그 로맨스의 아련함이 담겨 있다. 혼자 있는 순간, 따뜻해 보이는 가로등이 인물을 밝혀 주고 밤이 오기 직전 활활 불타는 노을은 혼자 남겨질 아이들의 마음을 다독인다.

아직 풋풋함이 살아 있는 신인 배우들은 교실이란 곳에서 번번이 지옥을 겪어야 하는 소년의 감정의 감정을 내밀하고 섬세하게 담아낸다. 헐벗은

채로 살을 비비며 성장하다 보면 두 소년 사이의 혀로 핥아 주는 우정이 농도 짙은 우정인지 사랑인지 헷갈리는 경우가 있다. 이송희일 감독은 그런 감정들이 굳이 결정되지 않은 채로 좀 있어도 된다고 이야기한다. 우정과 사랑 사이의 감정에서 모호해져 버린 두 소년의 감정은 오히려 <야간비행>을 좀 더 잠재적이고 열린 영화로 만들어 준다.

덜 자란 아이들은 억압하고 단정하고, 단죄해 버리는 학교라는 시스템을 등지고 어떤 것도 규정되지 않는 미지의 상태여도 된다고 말하고 싶은 것 같다. 하지만 자신의 진심이 무엇인지 충분히 들여다볼 시간이 없는 현실은 비극이 된다. 소년들이 맞이한 가장 지독한 순간에 멈춰 버린 영화의 엔딩은 한동안 우리의 감정을 진공 상태로 만들어 버린다.

– 사랑이 고추냐? 커졌다 작아졌다 하게.

---

**<야간비행>** (2014)

---

개봉일 2014년 8월 28일

관객수 9,272명

감독 이송희일

출연 곽시양(용주 역), 이재준(기웅 역),
최준하(기택 역), 김창환(성진 역),
이익준(준우 역)

영화 06 <알이씨REC>

Film 06 <·REC>

## 조금 다르지만 아주 똑같은 사랑의 지난함

성정체성에 관한 화두는 민감하고 때론 지나치게 과민하다. 최근 꾸준히 제작되는 한국 퀴어 영화에 출연하는 배우들이 '저는 동성애자가 아니지만'이라는 전제조건을 달고 시작하는 인터뷰는 이제 꽤 익숙하다. 사실 회사원 역할을 맡은 배우가 '저는 회사원은 아니지만'이라는 사설을 굳이 달지 않듯, 배우가 맡은 역할로 배우 본인의 정체성을 규정하지 않는 예술적 약속은 모든 연기 활동의 전제이다. 그럼에도 여전히 한국사회에서 소수자에 대한 이야기를 하는 것, 그리고 뚜렷하게 그들을 지지한다고 말하는 것, 거기에 스스로의 정체성을 드러내는 일은 무척 조심스러운 일이다.

**조금 다르고, 아주 똑같은**

양손을 쓰는 왼손잡이들을 알고 있다. 모두 똑같은 손을 들어야 한다는 한국사회의 오랜 고정관념 앞에서 남들과 다르다는 것은 선입견과 편견에 맞서 싸워야 한다는 것을 의미한다. 아주 많은 왼손잡이들은 다양한 방법으로 오른손을 쓸 것을 강요받는다. '짝배기'라는 별명으로 골치 아픈 아이 취급을 받으며 제발 오른손을 써 달라는 간곡한 부탁, 혹은 협박을 통해 오랜 훈련으로 오른손을 쓸 줄 아는 왼손잡이로 자란다.

조엘 에저튼 감독의 <보이 이레이즈드Boy Erased>(2018)를 보면 동성애자로 태어난 청소년들을 가둬 놓고 전환치료를 하는 장면이 등장한다. 이처럼 동성애를 교육을 통해 교도할 수 있는 거라고 믿었던 무지한 시대와 그 시선이 과연 과거형이라고 할 수 있을까? 왼손잡이들을 교정하듯 동성애자들을 교정해야 한다는 생각은 21세기에도 여전히 유효한 편견이고 지독한 현실이다.

성정체성은 뚜렷하게 보이지 않지만, 이미

결정되어 태어난다는 점에서 왼손잡이와 비슷하다. 고쳐야 할 것도 아니지만, 타고난 거라 달라지지 않는, 틀린 것이 아니라 다른 것일 뿐이다. 하지만 이 당연한 일을 이해시키기 위해서는 무척 길고 험한 대화가 필요하다. 그리고 문득 용기 내어 시작한 대화를 통해 상대방을 설득시키기 위해서는 그보다 더 험하고 긴 시간이 필요하다. 심지어 어떤 말과 행동으로도 이해받지 못하는 경우가 더 많다.

소준문 감독의 〈알이씨REC〉는 5년간 뜨겁게 사랑했던 영준(송삼동)과 준석(조혜훈)이 기념일을 맞이해 보내는 하룻밤을 비디오 카메라의 시선으로 함께하는 영화다. 오늘만은 특별한 기록을 남기고 싶다는 영준과 못 이기는 척 따르는 준석의 이야기가 캠코더에 담긴다. 이들은 사랑하는 현재와 애틋했던 과거를 회상하며 서로에게 말을 건다. 보통의 연인처럼 평범하고 장난스러운 대화, 몸짓, 그리고 뜨거운 섹스가 이어지지만 어쩐지 쓸쓸하다.

사실 이들의 대화에 없는 것은 두 사람이 함께하는 미래에 대한 확신이다. 〈알이씨REC〉는 이별을 결심한 남자와 그 이별을 감지하는 남자의 사랑을 다룬 영화다. 이해받지 못하는 동성애자의 이별이라는 설정을 빼고 남녀 사이의 이별로 환치하더라도 이상하지 않을 만큼 이들의 사랑은 무척 평범하다. 지극히 내밀한 사생활을 기록한다는 영화의 소재에 따라 카메라는 가장 내적이고 은밀한 공간을 카메라의 시선으로 훔쳐본다. 부끄러워하는 준석과 그 모습을 카메라에 담으려는 영준, 카메라의 시선은 두 사람의 성기도 서슴없이 비춘다.

### 진심, 그 작은 변화의 시작

단편 〈올드 랭 사인〉으로 주목받은 소준문 감독은 〈알이씨REC〉의 이 오프닝 신을 통해 막연히 상상하는 동성 간의 섹스를 좀 더 노골적인 방식으로 드러내면서 관객들의 관음적 호기심 앞에 이질적 감수성을 더한다. 감독은 앞선 인터뷰에서 동성애에 대한 편견은 직접 보지 못한 것에 대한 상상력 때문이라고 말한 적이 있다. 이 영화는 성소수자의 사적 영역을 공개적으로 드러내면서 이들의 사랑을 더 내밀하게, 혹은 이들의 섹스가 특별할 것이 없다는 사실을 공개적으로 드러낸다.

정사 장면은 노골적이지만 흔히 상상하거나 체험했던 남녀 간의 섹스와 별반 다르지 않다. 서로의 몸을 사랑하고, 서로의 마음을 사랑하는 관계의 표현이 무척 평범하고 익숙하다. 섹스를 하던 도중 영준이 울음을 터뜨리는 순간, 관객들은 두 연인의 이별을 감지한다. 동성 연인이라서 헤어진다고 상상하면 비극적이지만, 그냥 아주 오래된 연인의 이별 장면이라고 보면 딱히 특이할 것이 없는 이별이다.

소준문 감독은 동성애자를 주인공으로 하지만 두 사람의 사랑을 무척 평이하고 상투적인 멜로로 보이게 한다. 지극한 신파도 없고, 특별한 연출도 없이 무덤덤하게 지켜보게 되는 동성 간의 사랑과 정사, 그리고 이별 장면으로 이어지는 이 영화를 통해 동성애는 특이할 거라는 편견과 그들의 사랑은 좀 더 특별할 거라는 기대를 온전히 무너뜨리는 방식으로 차별적인 시선에 맞선다. 이를 위해 동성애를 자극적인 소재로 소비하지 않는다.

육체의 노출은 감정의 노출과 함께 차고 넘쳐서, 이야기보다 더 진한 이미지를 만들어낸다. 캠코더의 전원이 꺼진 다음 날 아침, 화면은 흑백으로 변한다. 흑백 화면은 두 사람 사이에 놓인 싸늘한 현실을 보여 주며 과거형으로 끝난다. 평이한 멜로로 만들었지만 소수자의 사랑이 비극적인 이유는 똑같은 사람끼리 똑같은 사랑을 하지만, 뚜렷한 미래를 약속하기는 어렵다는 현실에 있다.

한 가정의 붕괴를 통해 독재정권 아래 한국

사회를 비판하는 영화 〈내일로 흐르는 강〉(1996년) 속에서 동성 커플은 각자 주먹을 말아 쥐고 맞댄 다음 주먹 위에 키스를 하는 기이한 장면을 선보인다. 검열과 사회적 편견을 조롱하는 듯한 이 영화 이후 15년, 〈알이씨REC〉는 그 표현에 있어서는 자유로워 보이지만 여전히 한국사회는 큰 변화 없이 경직되어 있다.

한국 퀴어 영화를 살펴보면 멜로 코미디의 판타지로 위장되어 있거나, 현실의 벽을 넘지 못하고 파국에 이르는 비극인 경우가 많다. 정치적 담론을 가지고 현실과 맞서 싸우기에 역부족인 현실에 대한 역설인지, 한국 성소수자 사회의 현실을 반영한 것인지는 알 수 없지만 아주 작은 변화를 만들어내기 위해 모두 진심을 다하고 있다. 그리고 세상은 작은 진심들이 조금씩 움직여 바뀌는 거라고 믿는다.

– 그거 아냐? 나 일하다가 너 보고 싶고 그러면
손 냄새 맡고 그래.
꼭 니가 내 옆에 있는 거 같아.

**<알이씨REC>** (2011)

개봉일 2011년 11월 24일
관객수 2,799명
감독 소준문
출연 송삼동(영준 역), 조혜훈(준석 역)

## 영화 07 〈분장〉

## Film 07 <LOST TO SHAME>

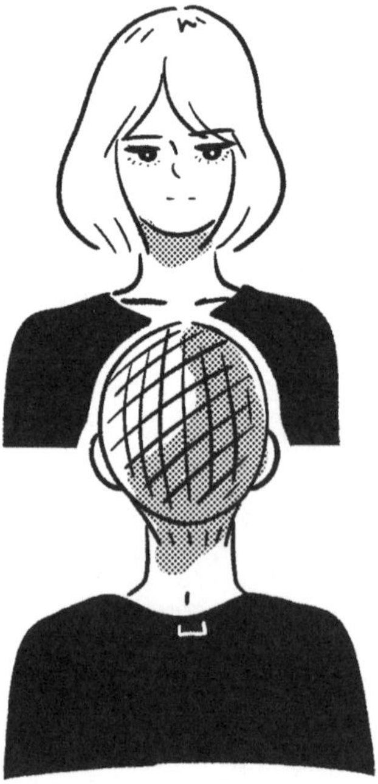

## 연기라는 착각 혹은 거짓말 사이

배우에게 분장은 어쩌면 자궁으로 회귀하여 새로운 인물로 태어나는 모체의 역할을 하는지 모르겠다. 온전한 자신을 버리고 새로운 인물로 태어나는 일종의 허물벗기는 마치 숭고한 의식 같다. 배우들은 분장이라는 가면을 통해 자신이 만들어가는 타인과 마주 선다. 나로부터 나온 캐릭터는 온전한 나 자신은 아니지만, 그렇다고 또 내가 아닌 것은 아니다. 그래서 배우는 실재가 변이된 타인으로서의 자아와 마주한다. 어쩌면 내 몸을 빌려 타인이 되는 것은, 단순한 영매의 차원을 넘어 본인의 의식을 변화시켜 온전한 새 사람이 되는 과정처럼 보인다. 하지만 캐릭터에 몰입한 순간, 온전히 변했다는 믿음은 사실 거짓말인지 모른다. 배우는 캐릭터를 살아내지만, 연기를 하지 않는 순간에는 온전한 자기 자신으로 살아야 하기 때문이다.

## 진심이라는 착각

메소드 연기의 1인자로 알려진 알 파치노는 자신의 연기철학을 말하면서 '거짓을 말할 때조차도, 오직 진실하다.'고 말했다. 메소드 연기란 극중 인물과 배우 자신을 동일시하는 극사실주의적 연기 스타일을 말한다. 모스크바 예술학교의 스타니슬라프스키의 배우 훈련 시스템에서 유래한 이 방법은 뉴욕의 스텔라 아들러가 이끌던 그룹 씨어터의 훈련 시스템으로 받아들여졌고, 그 회원이었던 엘리아 카잔이 1947년 설립한 액터즈 스튜디오에도 도입되었다.

메소드 연기는 액터즈 스튜디오 출신인 말론 브란도, 몽고메리 클리프트를 통해 알려진 후 더스틴 호프만, 알 파치노, 로버트 드 니로, 그리고 다음 세대인 케빈 스페이시로 이어지면서 세계적인 연기법으로 여전히 인정받고 있다. 남연우 감독의 〈분장〉은 이러한 메소드 연기법에 따라 배우가 캐릭터에 온전히 빠져 자기 자신과 동일시하는 순간, 실제의 자신과 연기하는 배역 사이의 경계가 무너지는 순간이 만들어내는 혼돈을 그린다.

무명 연극배우 송준(남연우)은 도저히 미래가 보이지 않는 현실 속에서 헤매고 있다. 그러다 성소수자가 주인공인 세계적인 연극 〈다크 라이프〉에 주인공으로 발탁된다. 자신의 성정체성과 완전히 다른 인물을 연기하기 위해서 송준은 성소수자들의 모임에 참석하고 그들의 클럽에 출입하는 등 역할을 이해하고 몰입하기 위해 최선을 다한다. 하지만 사랑하는 자신의 남동생 송혁(남승민)이 성소수자라는 사실을 알게 된다.

송준은 성소수자들의 모임에 참석하면서 그들의 삶을 완전히 이해한 척 연기한다. 그리고 그 연기는 실제 무대에도 반영된다. 송준은 사실 누군가에게는 명백한 착각처럼 보이지만 감정을 믿는 본인에게, 감정은 거짓일 수가 없다고 생각한다. 하지만 미움 없이 증오를 표현하는 것이 거짓이듯, 실제 이해하는 마음이 없는 이해 역시도 거짓이다. 온전히 그들을 이해했다는 자신의 믿음은 친동생이 성소수자라는 사실을 알게 되면서 무너진다.

## 믿음이라는 거짓말

〈분장〉은 우리가 흔히 이해했다고 말하는 착각과 이해했다는 믿음이라는 거짓말 사이를 깊이 파고드는 영화다. 그는 배역에 몰입하고, 성소수자들을 이해하는 척하면서 더 깊이 몰두한다. 공연이 열리고, 그는 진정성 있는 연기라는 극찬과 함께 배우로서의 입지를 굳힌다. 송준은 줄곧 스스로 성소수자를 이해하고 편견이 없는 사람이라며, 온전히 그들을 이해한다는 태도를 보인다.

마치 연극 속 트랜스젠더가 된 것처럼 그는 자기에게 커밍아웃한 친구 우재도 당연한 듯 품는다. 문제는 우재와 자신의 친동생이 사귄다는 것을 안 시점부터 벌어진다. 사실 온전히 이해했다는 인정과 차별하지 않는다는 진정성은 허위였다. 연기라는 허위와 진심 사이, 이런 뚜렷한 태도의 변화를 통해 남연우 감독은 사람들이 쉽게 말하는 이해와 진심이 진짜인지 노골적으로 묻는다.

〈분장〉은 온전한 캐릭터에 안착했다고, 그 마음이 진심으로 캐릭터를 만들어냈다고 믿겠지만 잠깐 동안의 변신이 온전한 변화로까지 이어질 수는 없으리란 기만과 허위에 대해 이야기한다. 연극과 현실의 사이, 배우라는 자아와 캐릭터 사이의 충돌과 균열을 섬세하게 메우면서, 연극과 현실, 자신과 캐릭터 사이에서 갈등하는 배우의 이야기를 설득력 있게 직조해 낸다.

실제 배우이기도 한 남연우는 극중 배우가 겪는 갈등과 감정의 소동을 이해하는 깊이가 남다르다. 그래서 흔히 겪는 자아분열과 정체성의 혼돈까지 들여다보며 자신들의 고단한 삶의 찰나를 관객들이 함께 겪어 보게 만든다.

이 영화가 더욱 흥미로운 점은 격앙되는 캐릭터의 변화에 있다. 성소수자를 완전히 이해하는 체하며 연기했던 극 초반보다 포비아에 가까운 혐오를 지닌 후, 주디라는 캐릭터와 주인공이 점점 더 분리될수록 배우로서 주인공은 더 큰 찬사를 받는다는 점이다. 결국 이해하는 척하는 연기, 트랜스젠더인 척하는 연기, 온전한 캐릭터인 척하는 연기 모두가 거짓이라는 이 장면을 통해, 영화는 겉으로

만 온건한 체 하는 우리 사회의 위선을 꼬집는다.

동시에 배우에게 연기라는 것이 진짜인지, 진짜 연기란 무엇인지에 대한 질문을 던진다. 사실 훌륭한 배우에게 변신이라는 수식어는 새삼스러운 사족인지도 모른다. 자신이 아닌 타인을 연기해야 하는 배우에게 매 순간은 변신이며, 배우는 연기라는 가면을 쓰고 자신을 감춰야 한다.

하지만 언제나 자기 자신 혹은 자의식은 벗어날 수 없는 그림자이기도 하다. 천의 얼굴이라는 식상한 수식 뒤로 정작 그들 자신이 온전히 보여주지 못하는 것은 배우 자신의 얼굴인지도 모른다. 그래서 한 순간 가면 속 배우의 본모습을 알아차린 순간, 관객들은 낯설어할 것이다. 광대의 진심은 언제나 웃음 뒤에 가려져 있는 법이라….

– 내가 말했지? 너 같은 새끼들이 더 좆같다고.

---

**<분장>** (2017)

---

개봉일 2017년 9월 27일

관객수 3,318명

감독 남연우

출연 남연우(오송준 역), 안성민(오송혁 역),
홍정호(강이나 역)

## 영화 08 〈윤희에게〉

## Film 08 <Moonlit Winter>

## 마음에게 길을 묻는 여행

거칠어진 마음이 날카로운 가시가 된 고슴도치 같은 사람이 있다. 절대 남에게 곁을 두지 않는 그런 사람들은 누군가를 안아 주지도, 누군가에게 안기지도 못한다. 살아 있지만 살아 있지 않은 사람들은 자신이 짓눌린 만큼 타인의 시간도 무겁게 누른다. 각자의 기억에 갇힌 채 무거워진 삶, 그리워지는 기억과 그 사이에 숨긴 진심을 감당할 자신이 없는 사람들은 자신의 삶이 외로운 만큼, 곁에 있는 사람들도 참 외롭게 만든다. 나빠서가 아니라 서툴고 부족하기 때문에….

POST

### 60년대생 윤희

윤희(김희애)는 행복하지 않았던 결혼 생활을 끝낸 후 고등학생 딸 새봄(김소혜)과 함께 살고 있다. 그녀 앞으로 일본에 살고 있는 오랜 친구 쥰(나카무라 유코)의 편지가 도착한다. 써 놓고 부치지 못했던 편지를 쥰의 고모 마사코(키노 하나)가 보낸 것이다. 윤희의 딸 새봄은 엄마 몰래 엄마 편지를 읽은 후, 쥰을 만나게 해 주기 위해 엄마에게 일본 여행을 제안한다. 새봄의 사려 깊은 남자친구 경수(성유빈)가 함께 쥰의 흔적을 좇는다.

분명하게 드러나진 않지만 60년대에 태어난 듯한 윤희는 사회의 시선과 강퍅한 가족의 그늘 뒤로 자신을 숨긴 채 살아왔다. 윤희의 부모는 오빠만 대학을 보냈고, 그 미안함에 윤희 엄마는 아빠 몰래 그다지 좋지 않은 카메라 하나를 선물했다. 첫사랑은 가족들에 의해 내동댕이쳐졌고, 오빠가 정해 준 남자와 결혼했다. 속 깊은 딸 새봄과 함께 살아가지만, 딸조차 너무 시들어 버린 삶에 충분한 물기가 되어 주진 못한다. 별다른 삶의 목표 없이 그냥 태어났으니 죽기 전까지 살아가기로 한 것 같다.

임대형 감독의 〈윤희에게〉는 꾹꾹 눌러쓴 러브 레터 한 통으로 삶의 별을 얻은 한 여인의 삶을 담담하게 격려하는 영화다. 윤희는 책임감으로 딸 하나 제대로 키우기 위해 급식실에서 돈을 버는 것 이외에 어떤 행위도 하지 않는다. 누군가를 사랑하지도 누군가에게 사랑받지도 않는 선인장 같은 삶에 불쑥 들어온 것은 오랜 친구 쥰의 편지다.

쥰의 편지에 이끌려 떠난 여행, 딸과 함께 있지만 윤희는 실로 오랜만에 자신으로 살고 있는 것 같다. 오직 자신만을 위한 시간과 축복처럼 충분히 그리워할 수 있는 마법의 공간은 온통 물기로 가득한 눈 덮인 일본의 오타루이다. 어쩌면 쥰과 마음을 나누었던 고등학생 시절의 자신과 같은 나이의 새봄은 오롯이 자신의 삶과 남자친구와의 관계도 책임질 준비가 되어 있는 것 같다.

**윤희는 윤희로 살기로 했다**

속 깊은 딸 새봄은 어쩌면 평생 비밀로 묻어 둔 엄마의 비밀을 넉넉한 마음으로 품는다. 굳이 말로 꺼내 이해하는 척하거나, 원망하지 않는 새봄의 성숙함은 윤희에게 새로운 봄을 선물한다. 쥰과 윤희가 십수 년 만에 다시 만나는 장면은 너무나 잔잔하고 무덤덤하다. 묻어 둔 시간만큼 반가움도 조심스럽기 마련이라는 사실을 감독은 충분히 이해한 것처럼 보인다. 그렇게 정화된 눈물 위로 두 주먹 불끈 쥐지 않은 윤희의 모습은 여전히 조용하지만 왠지 단단해 보인다.

윤희의 숨겨졌던 과거는 편지를 통해 현재로 되돌아왔다. 마음을 외면한 죄의식과 그리움, 그리고 각자 상실을 극복하는 다른 방식 때문에 그 표정이 다른 윤희와 쥰의 진심은 서로 다른 언어만큼이나 멀리 있었다. 너무 멀어졌다고 생각했고, 그리움은 서로의 마음에 가닿지 못했지만 서로 마주서는 순간 평생의 그리움은 미래를 살아가는 위안이 된다. 그래서 이들이 함께 공유하고 있다고 믿었던 기억만이 오롯한 진심이 된다.

〈윤희에게〉의 가장 중요한 모티브가 되는 윤희와 쥰의 관계는, 격정적인 결말에 이르지 않는다. 감독은 두 여성의 이야기가 '비밀'에 방점을 찍은 것이 아니라, 현재의 삶 자체에 방점을 찍은 이야기라는 사실을 긍정한다. 더불어 평생 거짓말 속에 살아온 사람을, 자신의 욕망을 숨기고 타인의 삶도 외롭게 만든 그 비밀을 비난하지도 동정하지도 않는다.

폭력과 같은 사회적 분위기는 연약한 사람들의 작은 행복을 끌내 깨 버렸다. 〈윤희에게〉의 이야기는 차별에 대한 사회적 맥락에 가 닿아 있지만 감독은 어떤 다양한 함의와도 상관없이 지극히 윤희, 개인의 입장에 집중한다. 그저 그럴 수밖에 없었을 한 연약한 여인의 상황을 인정하고, 까슬거리는 마음의 각질을 굳이 벗겨내려 하지 않는다.

과거의 윤희는 나침반을 읽을 줄 몰랐던 삶의 길치였고, 그 자리에 멈춰 서 있겠노라 선택한 것 같았다. 하지만 과거의 자신을 용서해 주는 순간,

한 발도 앞서 나가지 못하게 채워진 그 발의 족쇄가 사실은 거대한 돌덩이가 아닌, 어두운 그림자였을 뿐이라는 것을 깨닫게 된다.

새봄은 왜 사람은 찍지 않느냐는 삼촌의 질문에 자기는 '아름다운 것만 찍는다'고 말한다. 그런 새봄이 일본에서는 카메라에 윤희의 모습을 담는다. 처음 보는 엄마의 모습, 엄마가 아닌 사람 윤희의 모습이 새봄에게는 풍경보다 더 아름다운 것 같다. 결국 웃음을 잃었던 과거의 윤희는 미래의 윤희에게 새롭게 살아가도 좋다고 웃어 준다. 그래서 비록 예쁜 시절을 어둠 속에 기어 다니느라 다 써 버렸다 해도 내가 나를 사랑할 수 있다면 별으로 한 걸음 성큼 나아갈 수 있다는 것을 지금의 윤희는 알고 있는 것 같아 참 아름답다.

– 나도 내가 부끄럽지 않았으면 좋겠어.
그래, 우리는 잘못이 없으니까.

---

**<윤희에게>** (2019)

---

개봉일 2019년 11월 14일
관객수 122,784명
감독 임대형
출연 김희애(윤희 역), 김소혜(새봄 역),
성유빈(경수 역), 나카무라 유코(쥰 역),
키노 하나(마사코 역)

## #3

외로움은 딸꾹질 같다。

언제 찾아왔는지 모르게 불쑥、평온한 호흡을 끊어놓는다。

그런데 누구도 제대로 멈추는 법을 모른다。

원인도 해법도 모른 채 딸꾹질이 멈추는 순간、우리는 마치

아무 일도 없었다는 듯 평온을 되찾고、또 언제 그랬냐는 듯

딸꾹질을 잊고 살아간다。하지만 또 언제

요상한 소리를 내며 내 호흡을 흔들며 찾아올지 모른다。

불쑥 찾아든 딸꾹질 같은 영화가 있다。어릿하기도 하고

아련하기도 한 사람들의 고독을 바라보는 시간이

왠지 위안이 된다。

# 제 삼장

# 고독한 위안

영화 09 〈죽여주는 여자〉

Film 09 <The Bacchus Lady>

## 꾹 눌러쓴 마침표

호흡이 멎을 때의 심전계의 소리는 마침표가 아니라 말줄임표 같다. 못다 한 이야기들이 미련처럼 남기 때문일 것이다. 하지만 진짜 끝은 말줄임표로 질질 끄는 것이 아니라 마침표 하나 딱 찍고 마무리하는 것이다. 그런 의미에서 <죽여주는 여자>는 펼쳐진 일기장에 꾹 눌러쓴 마침표 같은 작품이다. 그래서 미련을 남기는 법 없이 단호하지만, 뒷장에 뭉툭한 흔적을 남긴다. 그 흔적이 마치 길 같기도 하고 흉터 같기도 하다.

박카스
F

**이재용, 마이너로 진화하다**

종로 일대에서 노인들을 상대로 몸을 팔아 근근이 살아가는 60대 박카스 할머니 소영(윤여정)은 죽여주게 잘하는 여자로 입소문을 얻어 동네 박카스 할머니 중에서 가장 인기가 높다. 소영이 세 들어 사는 집에는 중년 트랜스젠더(안아주), 생산자로서의 청춘이 되지 못한 장애인(윤계상), 그리고 아비를 찾아 한국으로 온 코피노가 뒤엉켜 생판 남이지만 혈육처럼 서로를 안아주며 살아간다. 소영은 이웃들과 함께 힘들지만 평화로운 나날을 보내지만 사람에 대한 애정을 놓아본 적이 없다. 그러던 어느 날, 소영은 한때 자신의 단골 고객이자, 뇌졸중으로 쓰러진 송 노인(박규채)으로부터 자신을 진짜로 죽여 달라는 간곡한 부탁을 받는다.

늘 우리 곁에 존재하지만 늘 나와 상관없는 타인이라 생각하는 사람들의 삶이 후미진 뒷골목 담벼락의 이끼처럼 끈덕끈덕하게 바닥에 붙어 있다. 이재용 감독의 〈죽여주는 여자〉는 누구도 응원해주지 않는 자신들의 삶 속에서 생존의 의미이건,

그렇게나마 살아 있음을 확인하고 싶어서건 박카스 한 병 따는 사람들의 이야기다.

1998년 우리 사회가 쉽게 용인하지 않는 중년 여성의 불륜을 정면으로 다룬 영화 〈정사〉로 데뷔한 이후 감성 멜로로 상업영화 감독이 될 수도 있었지만 이재용 감독은 이후 작품들을 통해 점점 마이너한 감수성으로 빠져든다. 2003년 〈스캔들-조선남녀상열지사〉에서는 여성의 적극적 욕망을 중심에 두고, 여성의 욕망을 금기시하는 사회를 조롱했다. 2006년 〈다세포소녀〉는 세련된 미장센과 감각적 멜로를 포기하고 장난스러운 이야기와 실험적인 장면들로 가득한 컬트가 되었다.

스스로 주류 상업 영화의 감독임을 포기한 듯한 이재용 감독의 실험은 2009년 〈여배우들〉로 이어진다. 고현정, 김민희, 최지우, 윤여정 등 당대 최고의 여배우들이 모였지만 허구인지 다큐인지 경계가 무너진 영화는 관객들을 혼란스럽게 만들었다. 그것으로도 모자랐는지 아예 2012년에는 〈뒷담화:감독이 미쳤어요〉를 통해 보여 주는 것과 보이는 것 사이의 경계를 실험했다.

## 이토록 낮고 시시한 삶

가치 있는 삶에 대해 이야기하는 영화들은 대부분 능동적이고, 적극적이며, 도전적이어야 한다고 말한다. 하지만 누구도 응원해 주지 않을 만큼 시시한 삶 속으로 쑥 들어가 보면 '삶의 의미'를 논할 여유 없이 생존으로 하루를 소진하는 사람들의 이야기도 있다. <죽여주는 여자>는 죽음의 문 앞에 가까운 한 늙은 여성의 삶을 우리 앞으로 끌어온다. 철퍼덕 소리가 날 만큼 땅에 가까운 박카스 아줌마의 이야기다.

탑골공원을 중심으로 노인들에게 성매매를 하는 '박카스 아줌마'의 이야기는 꽤 오래전 시사 프로그램을 통해 화제가 되었다. 사회적으로 노인들은 생산성을 잃어버린 세대라는 인식이 강했다. 더불어 욕망이 거세된 세대라고 생각했기 때문에 그 충격이 더했다. 하지만 하릴없이 공원 뒤쪽으로 밀려나 있지만, 여전히 그들은 살아 있고 살아야 하고 살아내야 하는 우리의 미래다. 이재용 감독은 엄연히 같은 하늘 아래 숨을 쉬고 있지만 끝내 우리의 대기권 밖으로 몰아내고서야 안도하는 소외된 사람들을 이야기의 중심으로 끌고 온다.

매일 매일이 생존이지만, 주인공 소영이 향유하는 삶의 속도는 느리다. 더불어 박카스 한 병 따줄 노인을 찾기 위해 서울시내의 공원을 헤매는 소영을 따라 디디는 카메라의 발걸음 역시 느리고 찬찬하다. 소영을 따라 관객들은 서울의 뒷골목과 노인들이 모이는 공원을 함께 걸으며 '서울'의 다른 풍경을 관찰한다. 청춘들의 발걸음이 바쁜 번화가에서 벗어난 소영의 삶의 궤적은 스산한 서울살이의 다른 표정을 비춘다.

나름 멋을 부린 청바지와 굽이 높은 구두, 매춘을 하는 현실에도 여성이기를 끝내 포기하지 않는 소영은 흔히 상상하는 닳고 닳은 악바리가 아니다. 삶이 신산하지만 그녀는 따뜻하고 여전히 온화하다. 양공주 시절 낳은 아이를 입양 보내고 평생을 그리움과 죄책감으로 살아온 소영에게 남아 있는 것은 비루한 삶을 끌내 품어내는 뜨거운 모성이다. 그리고 그 따뜻함이 버려진 노년의 삶을 죽음으로 구원하는 성모 마리아 같은 이미지와 겹친다.

타인의 삶을 구원하기 위해 살인을 저질렀지만 소영이라는 여성에게 도시의 삶, 남성들의 시선은 여전히 냉정하다. 남자들은 자신의 성적 욕망을 한껏 풀어내기 위해 소영을 이용했고, 그녀를 따뜻하게 대하던 남성조차 그녀의 남은 삶을 걱정하기보다는 자신의 고귀한 죽음을 앞세운다. 이재용 감독은 낮은 곳에서 살아가는 소수자들을 카메라 안으로 용케 끌어오지만, 그들을 위한 낙관적 관망에는 동의하지 않는 듯하다.

그래서일까? 마구 뿌려 놓은 인생들의 뒷이야기는 수습되지 않는다. 이재용 감독은 주인공 소영의 삶을 바라보는 차가운 시선을 끝까지 유지한다. 끝내 소영의 삶을 헌신짝처럼 버리고서야 마무리 짓는 그 냉정함은 어쩌면 누구도 개인의 삶을 책임지지 않으려 하는 우리 마음의 온도 그 자체인지도 모른다.

– 그 사람이 무슨 사연이 있겠지.
아무도 진짜 속사정은 모르는 거거든.
그냥 다들 거죽만 보고 대충 지껄이는 거지.

---

**<죽여주는 여자>** (2016)

---

개봉일 2016년 10월 6일
관객수 121,594명
감독 이재용
출연 윤여정(소영 역), 전무송(재우 역),
윤계상(도훈 역), 안아주(티나 역)

영화 10 〈수성못〉

Film 10 <Duck Town>

1 12

## 오리면 어때, 날지 않아도 괜찮아

피가 무서운 드라큘라, 채식을 좋아하는 좀비, 거짓말 못하는 양치기 소년, 알프스를 떠나고 싶은 하이디, 늑대가 좋은 빨간 모자, 새엄마보다 안 예쁜 백설공주, 뽀뽀가 싫은 개구리 왕자, 완전한 물고기가 되고 싶은 인어공주. 괴짜 같아 보이겠지만, 살짝 삐딱하고 많이 모자란 우리 모습은 동화 속 주인공과 다르다. 어쩌면 찬란한 해피엔딩과 아주 먼 삶을 살고 있는 우리 인생은 요술할머니도 없고, 평생 왕자도 나타나지 않는 신데렐라이거나 그냥 태생이 못생긴 오리에 가까운 것은 아닐까 의심하게 된다.

**바다도 호수도 아닌, 그곳**

별로 가진 것 없는 가정에서 태어난 희정(이세영)은 수성못에서 오리배 매표 아르바이트를 하면서 서울 소재 대학 편입을 준비하는 학생이다. 편입만이 지긋지긋한 대구에서 탈출하는 유일한 방법이라 생각하며 노력한다. 그러다 잠시 잠든 사이 수성못에서 한 남자가 실종되고, 경찰은 사건을 조사한다. 자신이 제대로 오리배를 지키지 않았다는 사실을 들킬까봐 늦은 밤 슬며시 구명조끼를 못에 버리는데, 그 장면을 카메라로 찍은 영목(김현준)은 희정을 경찰에 신고하겠다고 협박하면서 자신과의 만남을 강요한다.

꿈을 위해 최선을 다하는 희정은 매일 1분 1초도 허투루 쓰지 않는다. 그래서 꿈도 희망도 없이 하루하루 시간만 흘려보내는 동생 희준(남태부)을 한심하게 생각한다. 희정은 뒷장에 자욱이 남을 만큼 매일 매일 꾹 눌러쓰는 삶이 가치가 있다고 믿기 때문이다. 그래서 부모에게 손을 벌리지 않고 아르바이트를 하며 자기 삶을 책임지려 한다. 열심히 세상 속에 뒤섞이고 싶지만, 오히려 늘 혼자다. 영목은 자살 이력이 있어 자살방지센터에서 사회봉사를 하지만, 다시 한 번 자살을 하고 싶어 한다. 그는 늘 세상에 무심한 듯하고 자살하고 싶어 하지만 사람들과 어울려 살아간다.

유지영 감독은 대구에서 나고 자랐다. 영화의 배경이 되는 '수성못'과 대구에서의 삶을 너무 잘 알고 있다. 끝내 대구에서 달아나기 위해 별짓을 다 하는 주인공 희정의 소소한 에피소드들이 꽤 공감이 가는 이유이다. 그리고 유지영 감독은 바다도 호수도 아닌 대구의 '못'을 배경으로 우리들의 못난 청춘(시절)을 바라본다. 영화는 어떻게든 살아가려는 희정과 어떤 방법으로든 죽어 보려는 영목을 나란히 배치하면서 그 어떤 것도 뜻대로 되지 않는 우리 삶이 정답지가 없는 시험이라는 사실을 보여 준다.

특이한 것은 영목이 자살을 선택한 방법이다. 혼자 조용히 사라질 수도 있는데, 그는 늘 사람들을 모아 함께 한다. 아주 잠깐이지만 죽기 위해 모인 사람들은 서로의 고민을 이야기하면서 생기가 돌고 반짝거린다. 삶이 무의미해 늘 죽고 싶었지만 사람들과 나누는 이야기가 위안이 되는 것처럼 보인다. 영목은 자살이 자신의 삶을 선택하는 유일한 방법이라 말하지만, 이미 그는 많은 사람들과의 관계 속에서 또 하루를 애써 함께 살아가고 싶었던 건지도 모르겠다.

**날지 못해도 괜찮아**

우리는 안데르센의 '미운 오리 새끼' 동화의 해피엔딩을 너무 잘 알고 있다. 그리고 현재 처지에 비관하지 말고 최선을 다해 살아가면 언젠가 멋지게 날아오를 수 있다는 뻔하지만 아름다운 결말을 믿고 싶어 한다. 사실, 언젠가는 나도 멋지게 날아오를 백조일 거라 꿈꿔 보고, 못난 현재의 나를 다독이고 싶다. 뭉툭한 내 날개도 언젠가는 활짝 펴지는 날이 올 거라 믿는다.

진창에 발을 담근 삶을 거부하고 싶어 사람들은 동요 혹은 동화 같은 희망을 지닌 채 살아간다. 지구는 둥그니까 자꾸 걸어 나가면 이 세상 모든 사람들을 다 만나볼 수 있다고 믿는다. 착하게 살아가면 제비가 호박씨를 가져다줄 거라 믿거나, 열심히 노를 저으면 수평선 너머에 다다를 수 있다고 믿기도 한다. 지금은 비난받는 못난이지만 어느 날 날개를 활짝 펴고 날아오르는 순간을 믿어 본다.

하지만 청춘들이 마주 선 현실은 동화가 아니

다. 〈수성못〉 속 주인공들은 명백한 못난이들이지만 처음부터 백조도 아니었다. 심지어 호수보다는 작은 '못' 위를 빙빙 도는, 진짜 오리도 아닌 오리배 같은 처지다. 유유히 호수 위를 유영하기 위해 오리는 물 아래에서 쉴 새 없이 물장구를 친다는 교훈을 대입하기도 애매하게 모형 오리는 애초에 다리조차 없다. 게다가 오리배는 사람을 태우지 않으면 저 혼자 움직일 수도 없다. 두 사람이 들어가 부지런히 발을 저어 줘야 휘청 휘청 겨우겨우 움직인다. 그리고 땀을 뻘뻘 흘리며 노력해 봐야 고작 못 안을 빙글빙글 돌 뿐이다.

유지영 감독은 줄곧 열심히 사는 것 같지만 지지부진하기만 한 청춘의 현실을 적나라하게 드러내면서 그들에게 헛된 희망을 허락하지 않는 것처럼 보인다. 그래서 충분히 청춘의 현실을 이해하지만, 청춘을 응원하지 않는 것처럼 보인다. 하지만 마지막 장면, 희준은 도를 권하는 여자를 따라간다. 삶이 무료해 그토록 죽고 싶어 하던 희준 역시 누군가와 이야기하고 함께하고 싶었던 것 같다.

유지영 감독은 혼자서 탈 수도 있지만, 혼자서는 균형이 맞지 않는 오리배가 앞으로 나아가기 위해서는 두 사람이 함께여야 한다는 것을 조용히 읊조린다. 불완전하지만 누군가와 동행하는 삶을 살아가자고 말하는 것 같다.

희정은 영화의 마지막 순간, 그토록 열심히 살았지만 결국 부지런한 물질을 멈추고 제자리에 섰다. 영목과 희준은 애써 달리지 않았기 때문에 넘어지지도 않았다. 감독은 청춘들의 꿈이 하늘 위로 떠오르지 않고 애초에 바닥에 있어 그 위를 밟고 지나가야 하는 현실을 굳이 외면하지도 동정하지도 않는다. 그럼에도 단단하게 있지 않아도, 지친 채 터덜터덜 걸어도 괜찮다고 무심히 툭 치는데, 그게 또 위로가 된다.

– 세상에 자기 얘기 들어주는 사람 딱 한 사람만 있으면
그 사람은 안 죽어요.

---

**<수성못>** (2018)

---

개봉일 2018년 4월 19일
관객수 3,806명
감독 유지영
출연 이세영(오희정 역), 김현준(차영목 역),
남태부(오희준 역), 강신일(박씨 역)

# 영화 11 <당신의 부탁>

Film 11 <Mothers>

1 22

## 엄마, 그리고 진짜 어른의 표정

엄마라는 단어는 참 아득하다. 한참 달아났다 생각했는데 뒤돌아보면 바로 등 뒤에 있는 어떤 것. 아주 멀리 던져 버렸다 생각했는데 되돌아오고야 마는 부메랑 같은 어떤 것. 한참을 잊었다 생각했는데 서슬 퍼런 칼날같이 또렷하게 기억나는 어떤 것. 무뎌졌다 싶었던 동글동글한 마음이 갑자기 유리조각처럼 날카로워지는 어떤 것. 군내 나는 화두인 양 오래 묵었지만, 늘 현재로 되돌아와 진행형이 되는 어떤 것. 고마웠다가 억울했다가 그리웠다가 이내 지긋지긋해지는 그 어떤 것. 온전한 내 편이라고 믿다가도 가장 힘든 순간에는 오히려 멀리하게 되는 어떤 것. 엄마라는 단어는 그렇게 정의하기 어려운 어떤 것들을 끊임없이 환기시킨다. 아늑하다가도 아득해진다.

**이토록 다채로운 삶 속**

2년 전 사고로 남편을 잃은 효진(임수정)은 절친 미란(이상희)과 동네 작은 공부방을 운영하며 살아가고 있다. 갑작스런 무기력증으로 밋밋하게 살고 있다. 어느 날 시동생으로부터 남편과 그의 전 부인 사이에서 생긴 아들 종욱(윤찬영)을 말아 줄 수 있냐는 부탁을 받는다. 그간 찬영을 돌봐주던 외할머니가 요양원에 들어가야 하기 때문이다. 뚜렷한 이유도 대책도 없이 효진은 피 한 방울 섞이지 않은 중학생 아들을 집으로 들인다. 효진은 남들에게 자신이 엄마라고 말하며 종욱을 품어 보려 하지만 종욱은 매번 집 밖으로 배회하면서 거리를 둔다. 그러다 효진은 종욱이 죽은 줄 알았던 자신의 친엄마를 찾고 있다는 것을 알게 된다.

이동은 감독의 〈당신의 부탁〉은 기진맥진한 채로 근근이 살아가는 삶 속에 불쑥 찾아든 낯선 아이를 가족으로 받아들이려 하는 효진의 선택과 시간과 마음이 쌓여 만들어진 유대감으로 서서히 가족이 되어 가는 종욱의 변화 속으로 관객들의 마음을 끌어당긴다. 어쩌면 영화가 말하는 '부탁'은 세상 수많은 엄마들이 자식을 키우기로 결정한 순간, 버려야 하는 다른 것들에 대한 이해일 수도 있고 자식을 버리기로 결정한 순간, 얻게 되는 다른 것들에 대해서도 생각해 보자는 당부일 수도 있다.

효진을 좋아하는 정우는 심리치료사가 되는 것을 목표로 하면서 효진의 심리 상담을 해 준다. 부쩍 무기력한 효진에게 그는 '몸 안 좋고 피곤한 거 다 마음의 문제'라며 마음을 다스리라고 말한다. 하지만 갑작스런 복통으로 병원을 찾은 효진은 자신의 무기력증이 마음의 문제가 아니라 갑상선 질환 때문이라는 사실을 알게 된다. 흔히 마음의 질병이라 단정 짓는 무기력증이 지극히 단순하게 몸의 질병 때문에 올 수 있다는 반전 아닌 반전을 통해 영화는 흔한 통념 대신 불가해한 삶의 다양성을 이야기한다.

## 이토록 다양한 엄마들

〈당신의 부탁〉은 2016년 제21회 부산국제영화제 KNN관객상을 수상하고도 2년 뒤 개봉했던 〈환절기〉와 2018년, 두 달 간격으로 연이어 개봉했다. 〈환절기〉는 갑작스런 사고로 죽은 아들의 친구가 사실은 아들의 애인이었다는 사실을 뒤늦게 알게 된 엄마가 계절을 건너가는 이야기를 잔잔하게 목도하는 영화였다. 짧은 기간이지만 〈당신의 부탁〉을 통해 드러난 사람과 사람 사이의 관계는 전작보다 좀 더 농도가 짙어졌다.

〈당신의 부탁〉이라는 은유적인 제목도 좋지만 사실 이 영화의 영어 제목인 〈Mothers〉가 영화의 이야기를 더 직접적으로 전달하는 것 같다. 이 영화에는 실로 다양한 종류의 엄마들이 등장한다. 효진의 엄마 명자는 늘 잔소리를 늘어놓으며 사사건건 효진을 비난하는, 딸의 마음을 자주 아프게 하는 엄마다. 찬영의 친구 주미는 어린 나이에 임신을 해 자신의 아이를 입양 보내고, 부잣집 대리모가 되는 길을 선택한다. 여기에 남의 아이를 자신의 아이인 것처럼 꾸며서라도 아이를 가지려 하는 불임의 엄마가 있다. 남의 아이를 키우다 신병이 걸려 제 목숨이 아이보다 소중해 달아날 수밖에 없었던 엄마도 있고, 효진처럼 피 한 방울 안 섞인 다 큰 아들을 마음으로 품어 보려는 엄마도 있다.

이동은 감독은 낳은 정과 기른 정, 혹은 모성이라는 예민하고 심각한 소재를 끌어오면서 날선 화두를 끄집어내기보다, 도저히 말로도 머리로도 이해할 수 없는 다양한 엄마들과 그들의 선택을 차분한 시선으로 바라본다. 영화 속에서 다양한 '엄마'들은 있어도 문제, 없어도 문제인 불가해한 존재이다. 〈당신의 부탁〉은 유연하면서도 단단하게 세상의 엄마들에게 모성을 강제되어야 하는 의무라거나 여성으로서 당연히 갖춰야 하는 미덕이라고 말하지 않는다. 세상에 당연한 것이 없듯, 나의 엄마도 당신의 엄마도 자식을 위해 희생할 의무가 없다. 감독은 그 시선으로 엄마인 당신 혹은 당신의 엄마를 이야기해 보면 좋겠다고 말한다.

〈당신의 부탁〉 속 시간은 점프 컷을 하듯 경

중 뛰어 넘어간다. '몇 개월 뒤' 같은 흔한 자막 없이 다음 장면에서 이미 몇 달이 흘러가 있다. 효진과 찬영이 가족이 되어 가는 그 시간 동안 효진의 친구 미란과 찬영의 친구 주미는 아이를 낳는다. 사람들은 계속 가족이 되고, 가족을 버리고, 가족을 만들어 주면서 살아간다. 그리고 그 중심에 늘 엄마가 있다. 사실 오늘을 겪는다고 인생의 다양한 노릇들이 쉬워지는 것은 아니다. 〈당신의 부탁〉의 주인공들은 아무렇지 않은 체 하는 것이 어른의 얼굴인 양 제 표정을 숨긴다. 하지만 영화 속 여성들이 진짜 어른의 표정을 하는 순간이 있다. 바로 자신을 '엄마'라고 부르는 순간이다.

– 죽고 싶다는 말보다 더 절망적인 말… 살고 싶다….

**<당신의 부탁>** (2018)

개봉일 2018년 4월 19일
관객수 25,920명
감독 이동은
출연 임수정(효진 역), 윤찬영(종욱 역),
이상희(미란 역), 서신애(주미 역)

영화 12 〈내가 죽던 날〉

Film 12 <The day i died :unclosed case>

## 내가 살게 된 그날

'그날', '그 시간'에 묻혀, 숨은 쉬지만 결국 죽어 버린 날이 있다. 툭 끊어진 희망 앞에 어쩌면 더 살아 있을 이유가 없을 것 같아 무기력해진 내게 사람들은 자꾸 힘을 내라고 말한다. 스스로를 괴롭히지 말고 좀 더 희망을 가지라고, 노력하면 된다고, 툭툭 털고 일어나라고, 자꾸 그러면 너만 손해라고 이야기한다. 그런 사람들의 악의 없는 무책임함은 무거운 추처럼 어깨를 더 짓누른다. 이미 죽은 거나 다름없다고 사형선고를 내린 것은 어쩌면 나 자신이 아니라 주위 사람들이다. 사실, 나는 그날, 그 시간 절박할 정도로 지독하게 살고 싶었다.

**죽었던 그날**

태풍이 몰아치던 밤, 외딴섬에서 소녀 세진(노정의)이 실종되었다. 죽음을 유추할 수 있는 유일한 단서는 유서 한 장이다. 마비 증상으로 출동 중 사고를 낸 후 복직을 앞둔 형사 현수(김혜수)는 범죄 사건의 주요 증인이기도 했던 세진의 실종을 자살로 종결짓기 위해 섬으로 파견된다. 소녀의 보호를 담당했던 형사 형준(이상엽), 연락이 두절된 세진의 가족, 그리고 세진을 마지막으로 목격했다는 섬마을 주민 순천댁(이정은)을 만나지만 세진의 실종은 계속 미심쩍다. 그렇게 세진의 죽음을 파헤치던 현수는 외딴섬에서 소녀 혼자 감당해야 했을 두려움과 외로움을 공감하듯이 마주하게 된다.

박지완 감독의 〈내가 죽던 날〉에는 살았지만 죽은 것과 다름없는 세 여인이 등장한다. 진짜로 죽지는 않았지만 죽은 것과 같은 삶을 살아내야 하는 현수는 그렇게 죽어 가는 세진의 표정에서 어쩌면 지독하게 살고 싶다는 애원을 읽는다. 그리고 그들보다 훨씬 앞서 죽은 것과 다름없는 삶을 살아온 순천댁이 있다. 스스로 목소리를 잃게 만들 만큼 큰 통증 속에서 식물인간으로 연명하는 조카 하나 건사하면서 지내는 순천댁은 마을 사람들과도 거의 소통하지 않고 묵묵히 죽음과 다름없는 삶을 살아가고 있다.

미스터리 형사물의 외형을 하고 자살이라는 미스터리의 퍼즐을 맞춰 가야 하지만 〈내가 죽던 날〉은 아주 느린 속도로 사람들의 마음을 따르고 어루만지며 공감하는 영화다. 공감의 온도와 동감의 감각을 함께 아우르기 위해 박지완 감독은 이혼을 앞둔 여성과 아버지의 범죄 때문에 섬에 갇힌 소녀의 각각 다른 삶 속에서 관객들이 도플갱어처럼 똑같은 표정을 발견하게 만든다.

### 다시 살게 된 그날

박지완 감독은 세 여인을 둘러싼 대부분의 사람들에게 악해서가 아니라 약해서 비겁해지는 우리들의 모습을 덧씌운다. 결국 현수가 만나는 세진의 주위 사람들은 모두 제 살 궁리만 하는 사람들이다. 세진의 죽음을 애통해하기 앞서 모두 자기는 잘못이 없다며 변명하기에 급급하다. 하지만 순천댁은 다르다. 뭔가를 숨기고 있지만 유일하게 그녀만이 세진에 대해 온기를 가지고 있는 것 같다.

실제로 이미 오래전에 삶 속에서 죽기로 결정했던 순천댁은 자신처럼 세진이 죽어 가는 것을 두고 볼 수가 없다. 순천댁은 가장 가까운 곳에서 세진에게 손을 내민 유일한 사람이다. 그리고 아주 어린 삶을 구원하기 위해 두렵지만 용기를 낸다. 그 작은 토닥임은 결국 세진의 앞에 다시 삶을 되돌려준다. 더불어 그 선의는 현수에게도 새 생명을 전한 셈이다.

박지완 감독은 여고생의 성장을 그린 단편 〈여고생이다〉로 제10회 서울국제여성영화제 아시아

단편부문 최우수상을 수상하며 주목받았다. 그는 첫 장편 데뷔작인 〈내가 죽던 날〉 속에 미스터리와 성장 드라마를 여유롭게 녹여낸다. 각각 다르지만 어쩌면 하나로 엮인 세 여인의 교류와 교감, 그리고 정서는 배우들의 연기로 단단해진다. 영화의 중심에 단단하게 박힌 김혜수와 눈빛 하나로 모든 이야기를 전하는 이정은, 그리고 대선배들 사이에서 확실한 존재감을 드러내는 노정의의 연기가 그물처럼 얽혔다. 무슨 말을 하는지는 알겠지만 연출로는 충분히 드러나지 않은 것 같은 몇 가지 아쉬움은 김혜수와 이정은이 말을 하지 않고 서로 마주한 순간 채워진다.

삶은 건조해서 자꾸 사람들의 마음이 거칠어진다. 뾰족하게 선인장이 된 사람들은 두 팔 벌려 서로를 안아 줄 수가 없다. 그렇게 바스락대는 무관심에 맘이 쓸려 생채기가 난 그곳에 눈을 돌려 보면 늘 사람이 있다. 〈내가 죽던 날〉은 마음의 흉터가 표정이 되어 버린 지친 사람들에게 손을 내미는 영화다. 하늘보다 땅에 가까운 발을 따라가 주는 그런 마음 덕분에 오늘도 숨 좀 쉬면서 살아갈 수 있는 것 같다.

– 아무도 안 구해줘. 네가 너를 구해야지.
네가 생각하는 것보다 인생은 훨씬 길어.

**<내가 죽던 날>** (2020)

개봉일 2020년 11월 12일
관객수 234,522명
감독 박지완
출연 김혜수(현수 역), 이정은(순천댁 역), 노정의(세진 역), 김선영(민정 역), 이상엽(형준 역)

#4

마음이 너덜너덜해진 사람들이 있다。오래전 담았던 꿈이
미련이 되는 순간、사람들은 그 마음 따위、갑작스런
소나기를 맞은 빨래처럼 얼른 걷어내지 않으면
축축하게 젖어 버릴 거란 걸 알고 있다。
계속 달려야 하는 시간 속、자신의 진심을 충분히
들여다볼 여유가 있다는 건 차라리 축복에 가깝다。
사실 아주 뜨거웠다고 생각하지만 온기가 없는
그늘에 갇힌 것 같은 우리의 오랜 꿈이 눅눅한 얼룩으로
남게 두지 말자。
긴 그림자의 뒤에는 반짝이는 햇빛이 있다。
이 영화들처럼。

제사장

# 해진 꿈과 인생

## 영화 13 〈마돈나〉

## Film 13 <Madonna>

## 끝끝내 맞잡은 슬픔의 연대

끝내 생채기를 내는 예술이 있다. 그런 예술은 잔인하고 무례하게 어두운 세상을 보여 준다. 상처 난 살갗에 소금을 뿌리는 것 같은 나쁜 감성이 그 속에 담긴다. 세상에는 나빠서가 아니라 상처받아서 거칠어진 사람들이 있다. 그런 사람들의 나쁘고 어두운 정서를 담은 예술은 건조해서 끝내 갈라져 버린 손바닥으로 살갗을 쓱 훑는 것 같은 촉감이 살아 있다. 동시에 내 뒷덜미를 쓰다듬은 손길에 위로의 감정이 담겨 있지는 않다. 건조하고 거친 표현과 까끌거리는 감성은 아프지만, 정서적 학대가 아닌 공감을 통해 얻는 카타르시스는 순진한 감동과 다른 감정을 만들어낸다.

## 잔인한 슬픔에 빠지다

VIP 병동의 간호조무사 해림(서영희)과 의사 혁규(변요한)는 병원에서 심장이식이 필요한 환자 철오를 돌본다. 철오의 아들 상우(김영민)는 아버지의 재산을 얻기 위해 억지로 아버지의 생명을 연장하려고 애쓴다. 어느 날, 미나(권소현)가 의식불명으로 실려 오면서 인물들의 관계에도 균열이 생긴다. 미나는 연고가 없는 만삭의 임신부이다. 상우는 자신의 힘을 이용해 해림에게 미나의 가족을 찾아 장기 기증 동의서를 받아 오라고 제안한다. 경제적으로 어려운 상황에 처한 해림은 상우의 제안을 수락하고, '마돈나'라는 별명을 가졌던 미나의 과거를 추적한다. 그리고 그녀와 얽힌 충격적인 비밀들을 마주하게 된다.

2012년 신수원 감독의 〈명왕성〉은 발견과 같은 영화였다. 있을 법하지 않게 연출된 상황을 통해 개선될 여지 없이 되풀이되는 입시지옥의 처참한 속내를 고스란히 현실로 소환시킨다. 신수원 감독은 비밀서클과 사제폭탄, 살인, 납치라는 극단적 상황 속에 덜 자란 아이들을 던져 놓고 끝내 파국에 이르게 만든다. 하지만 아이들의 슬픔과 그들에 대한 동정의 정서를 끝까지 놓치지 않는다. 시니컬해 보이는 날선 감성 속에 약자를 바라보는 따뜻한 시선이 숨어 있는 셈이다.

〈마돈나〉에서 세상을 향한 날카로운 시선은 미성년자들의 세상보다 더 잔혹한 성인들의 세상으로 향한다. 그리고 그 이야기는 훨씬 더 자극적이고 공격적이다. 외면하지 말고 눈 돌리지 말고 끝끝내 들여다보라고 머리채를 드잡이하는 것 같은 〈마돈나〉는 자극적이고 불편한 장면에도 불구하고 결국 서늘하고 숙연한 슬픔에 빠지게 만드는 아이러니한 감성으로 가득하다. 그리고 끝내 눈 돌리지 못하고 보고 만 불편한 이야기들은 지금, 현재, 여기, 우리들 곁에서 버젓이 벌어지고 있다.

미나 혹은 해림 혹은 약자들의 대립각으로서 상우는 힘과 돈과 권력으로 사람의 목숨을 흥정할 수 있는 강자로 표현된다. 병원이라는 밀폐되고 숨겨진 작은 사회 속에서 보호받고 지켜내야 할 사람은 힘없고 약한 자가 아니라 권력과 힘을 가진 사람이라는 사회적 함의와 암묵적 동의는 버젓이 존재한다. 아무것도 가지지 못한 사람에 대한 사회적 인식과 사람들의 태도는 미나를 통해 투명한 유리처럼 고스란히 투영된다.

미나의 과거를 쫓으면서 해림은 그녀를 향한 동정심과 심리적 연대, 그리고 결코 자신의 삶과 다르지 않은 한 여인의 슬픔을 마주한다. 약자들의 연대의식은 미약하지만 희망의 지푸라기 한 줌과 같다. 하지만 현실 속에서 그들의 삶은 결코 달라지지 않는다. 사회적 약자들이 모질게 겪어 온 운명에서 누구도 자유로울 수 없다는 잔인한 현실은 늪처럼 그들의 발목을 잡고 놓아주지 않는다.

**마돈나, 어쩌면 우리의 이름**

가장 낮은 곳에서 겨우겨우 살아온 미나의 과거를 통해 관객들이 만나는 것은 결국 대한민국이라는 거대 사회가 힘없는 자들을 대하고, 바라보는 시선과 편견이다. 그래서 '미나' 혹은 '마돈나'는 다른 꿈을 꿀 여유도, 벗어날 자신도 없이 진창에 그저 주저앉아 버릴 수밖에 없는 약자들을 대변하는 이름이 된다. 〈마돈나〉는 세상에는 결코 노력하지 않아서도 비겁해서도 아닌, 그럴 수밖에 없는 일들이 엄연히 존재하는 법이란 사실을 그저 묵묵히 들여다본다. 자극적이고 눈살이 찌푸려지는 장면도 있지만, 억지로 미나의 삶에 동화되어 보라고 강요하지 않는다.

〈명왕성〉을 통해 학교 내 최상위층의 계급 구조를 풍자해 보여 줬다면, 신수원 감독은 〈마돈나〉의 VIP 병동을 통해 가지지 못한 자는 철저하게 짓밟히고야 마는 냉혹한 현실을 은유한다. 마치 희망 자체가 없는 것 같은 현실 속에서 신수원 감독은 소소한 판타지를 통해 무너진 사회 속에서도 작은 연대를 통해 희망을 말할 수 있다고 속살거린다. 하지만 안타깝게도 미나를 향한 해림의 동정심은 강한 연대가 되어 변화로 나아가진 못한다. 해림은 살아남은 아이에게 미래를 선물하는 것으로 자신의 죄의식에서 벗어나려 한다. 그리고 어쩌면 미나와 크게 다르지 않았을 자신의 삶을 위안한다.

미나가 험한 세상에서 살아남기 위해 가장 많이 했던 말, 버릇처럼 달고 살았던 말은 '죄송하다'는 사과였다. 사회적 폭력에 시달리고 늘 구박받지만 정작 미나에게 미안하다는 말을 건넨 사람은 없었다. 그렇게 늘 짓밟히지만 누구에게도 사과 받지 못하는 약자의 삶, 그래서 늘 최선을 다했다는 미나의 말은 슬픔의 칼날이 되어 우리들의 마음에 깊숙이 박힌다. 〈마돈나〉는 꾸역꾸역 그렇게 슬픔의 구멍을 들여다보고, 슬픔으로라도 연대하라고 한다. 끝끝내 그렇게라도 맞잡아야 한다고….

– 고마워, 내 이름 불러 줘서.
내 이름 진짜 오랜만에 듣는다.

---

**<마돈나>** (2014)

---

개봉일 2015.07.12.
관객수 18,276명
감독 신수원
출연 서영희(해림 역), 권소현(미나 역),
김영민(상우 역), 변요한(혁규 역),
고서희(현주 역)

## 영화 14 〈꿈의 제인〉

## Film 14 <Jane>

## 꾹꾹 눌러쓴 편지

매일 뒷걸음질 치는 시간 위에 서서 딸꾹질 같은 삶을 사는 사람들이 있다. 언제 찾아왔는지 모르게 불쑥 들이닥친 상황에 평온한 호흡이 흔들린다. 누구도 제대로 멈추는 법을 모른다. 숨을 참아 보기도 하고, 그칠 때까지 물을 마셔 보기도 한다. 그러다 혼자의 힘이 모자라면 누군가 쿵 심장이 내려앉게 겁을 주거나 등을 토닥토닥 두드려 주길 바란다. 평범한 사람들의 딸꾹질은 언젠가는 멈춘다. 그리고 그 순간, 마치 아무 일도 없었다는 듯 평온을 되찾을 것이다. 하지만, 〈꿈의 제인〉 속에 등장하는 인물들의 딸꾹질은 멈추지 않는다.

**혀로 핥는 꿈**

가출 소녀 소현(이민지)은 의지하던 정호 오빠가 사라진 상실감을 견디지 못해 자살을 선택하고, 의식이 흐릿해질 즈음 트랜스젠더 제인(구교환)의 등장으로 삶을 되찾는다. 소현은 제인을 따라 가출 청소년들의 모임, 제인의 엄마 팸에 들어가면서 유사가족의 울타리로 들어간다. 그리고 소현은 어쩌면 제인과 함께 '시시하지만 행복한 삶'이라는 꿈을 꿔 볼 수 있겠다고 믿는다.

조현훈 감독의 〈꿈의 제인〉에 등장하는 인물들 모두 이렇다 할 가족이 없다. 가족은 아니지만 가족처럼 살아가는 팸 구성원들과의 이야기를 통해 관계 맺기의 지난함을 이야기한다. 어른이 되면 아주 많은 것들이 삶의 중심으로 들어오게 되겠지만, 채 자라지 못한 아이들에게 모계 팸, 부계 팸으로 만들어진 유사 가족들은 계속 타인이다. 그들은 차갑지만 돌린 등짝이 소현에게는 가장 무서운 표정이기에 비굴하게 굴어서라도 그들 곁에 머물고 싶어 한다.

감독은 서로를 혀로 핥는 유사 가족의 이야기를 통해, 희망을 이야기하는 손쉬운 방법을 택하지 않는다. 제인의 시체를 땅에 묻고 난 후, 병욱이 이끄는 아빠 팸의 이야기가 시작되면서 인물의 삶은 조금 더 질척거린다. 제인의 팸이 모계 중심으로 포용하는 유사가족의 모습을 보인다면, 부계가족의 아빠 팸은 늘 폭력적이고 위태위태해 보이고, 갈등도 짙어진다. 소현을 중심으로 두 개의 팸에는 동일한 멤버들이 등장하지만, 그들의 관계는 전혀 이어져 있지 않다. 엄마 팸이 과거인지, 미래인지 경계가 모호해지고, 이야기는 분명히 나눠져 있긴 하지만 지우개로 쓱쓱 지워 뭉개 버린 듯한 경계선을 넘나든다.

조현훈 감독은 이 영화가 소현의 꿈 속 제인의 이야기인지, 제인이라는 꿈의 이야기인지, 어떤 이야기가 실제인지 명확히 던져 주지 않으면서, 까끌까끌한 옷감으로 직조된 옷을 관객들에게 입어보라고 말한다. 더불어 꿈과 환상, 시간과 인물이 뒤섞여 버린 영화의 흐름 속에서 잔재주를 욕심내지 않는다. 흔한 반전이나 복선을 깔아 두지도 않는다. 아주 많은 것들을 담아내려는 과욕이 없는 이야기는 곁길에 눈을 돌리지 않고 직진한다.

**이토록 시시한 꿈**

트랜스젠더, 가출 청소년의 팸, 범죄, 자살, 살인이라는 자극적인 소재들로 가득한 것에 비해, 감정을 지운 카메라의 시선은 관찰 카메라처럼 무덤덤하다. 그래서 〈꿈의 제인〉은 등장인물 누구의 시선으로도 들어가지 않고, 누구를 탓하지도 에둘러 편을 들지도 않는다. 나쁘다기보다는 서툴러서 끝내 생채기를 입히고야 마는 서툰 사람들을 나열하는 것으로 충분하다고 말한다.

소현의 손에 '꾹' 찍어 준 제인의 도장이 담아낸 말이, 자신이 미처 꺼내지 못한 마음이 무엇인지 알지 못하는 소현. 그 풋내 나는 태도를 통해 감독은 우리의 삶이 얼마나 지난하고 답답한지 알겠냐고 묻는다.

그리고 〈꿈의 제인〉은 몸에 달려 있지 않지만 간지러움을 느낀다는 소현의 새끼발가락처럼 존재하지 않지만, 존재하는 다양한 감각들을 이야기한다. 영화의 하이라이트를 이루는 클럽 장면에서 제인은 사람들은 사랑받고 싶어, 누군가를 사랑하는 거라고 말한다. 어중간한 소현의 태도도 늘 그랬다. 이 말은 타인을 위해 무언가를 베푸는 법을 배우지 못한 소현의 삶을 요약한다. 스산한 삶 속에서 끝내 열정을 놓아 버리지 못하는 소현과 제인의 살에서는 왠지 날것 그대로의 비린내가 풍긴다.

누군가의 곁에 있고 싶다는 소현의 바람과 달리, 그녀의 옆에 있는 사람들은 자꾸 사라진다. 그렇게 〈꿈의 제인〉은 주인공 소현에게서 의지하던 오빠와 따르고 싶던 언니, 유사 팸의 엄마와 아빠를 모두 빼앗는다. 그리고 그 모든 희망을 사라지게 만든 후, 누군가가 사라진 후에도 내 인생은 살아질 수 있다고, 그제야 뭉툭한 손으로 소현을 쓰다듬는다.

'불행하게 오래오래 살자'는 제인의 말은 비관이라기보다는 관조에 가깝다. 조현훈 감독은 서툰 인물들의 관계 속에서 특정한 인물을 동정하지도 감싸지도 않으면서 가늘지만 경계가 있는 선 안으로 그들을 품어낸다. 텅 빈 소현의 삶을 채워 주려고 부지런히 물을 나르는 대신, 그녀가 이미 깨어져 있는 항아리 같다는 것을 인정하는 것이 우선이라고 말하는 것 같다.

– 자, 우리 죽지 말고 불행하게 오래오래 살아요.
불행한 얼굴로 여기, 뉴월드에서.

**<꿈의 제인>** (2017)

개봉일 2017년 5월 31일
관객수 25,110명
감독 조현훈
출연 이민지(소현 역), 구교환(제인 역), 이주영(지수 역)

## 영화 15 〈메기〉

## Film 15 <Maggie>

## 의심과 믿음, 그 쌍둥이의 표정

어린 시절 보았던 만화영화 '개구리 왕눈이'의 끝은 지금 생각해 보면 꽤 무섭고 무겁다. 왕눈이를 괴롭히던 아로미 아빠 투투가 세상 최고의 악당인 줄 알았는데, 그 위에 도롱뇽 떼가, 또 그 위에 메기가 있었다. 그러니 왕눈이가 아무리 피리를 불어 봐야 무지개 언덕에 웃음꽃이 필 일은 없었다. 악당처럼 보이지만 투투 역시도 누군가에게 지배당하는 지질한 약자라는 사실은 곱씹어보면 씁쓸하고 처연하다. 어쩌면 이 불가해한 세상의 먹이사슬 아래를 보지 못하고 우리는 그냥 요란하게 피리만 불어대며 의미 없는 희망을 품었던 것은 아닌지. 그런데 아로미는 진짜 아빠의 악행과 그 배후를 정말 몰랐던 걸까? 이렇게 믿음이 깨지면 의심이 생긴다. 아니, 의심이 생겨 믿음이 깨지는 건가?

## 의심의 구멍

이옥섭 감독의 〈메기〉는 작은 의심들이 꼬리에 꼬리를 물다 보면 믿음이라는 커다란 원이 생긴다고 이야기하는 영화다. 이야기는 마리아 사랑병원에서 시작된다, 엑스레이 실에서 남녀의 섹스 장면을 누군가 몰래 찍는다. 온갖 추측과 호기심 사이, 사람들은 간호사 윤영(이주영)이 엑스레이의 주인공이라 믿는다. 부원장 경진(문소리)은 추측만으로 윤영에게 퇴사를 권하지만, 그녀는 거부한다. 일자리가 없는 윤영의 남자친구 성원(구교환)은 도시에 갑자기 싱크홀이 생기는 바람에 싱크홀을 메우는 직업을 가지게 된다. 사람들의 의심과 믿음 사이를 어항에 갇힌 메기(천우희)가 바라본다.

〈메기〉는 사실 줄거리를 쉬 나열할 수 없는 영화다. 인물들 각각의 이야기 전개가 산발적으로 흩어져 있기 때문이다. 천우희가 목소리 연기를 한 어항 속 메기가 각각의 에피소드를 동그랗게 묶어주는 역할을 한다. 사랑병원에 갇힌 환자들과 윤영과 성원 주위의 인물들은 모두 자기만의 의심을 키워나가는데 그런 의심은 도심에 생겨 버린 싱크홀처럼 깊고 어둡다.

이옥섭 감독은 자신의 이야기를 하드 커버 노트가 아니라 한 장의 포스트잇 위에 적는 것 같다. 의심이 구덩이처럼 커진 현대사회를, 어쩌면 청춘들의 희망을 앗아 버린 우리 사회를 휘갈기는 이야기가 무겁지 않지만 형광색마냥 눈에 잘 띈다. 블랙홀이 생겨 버린 이유를 끝내 밝히지 않듯이 모순으로 가득한 우리 사회를 바꿔 보려 하지 않는다. 재개발 지역을 해수욕장처럼 꾸민 퍼포먼스를 보면서, 당장 쫓겨날지도 모르는 자신의 상황을 걱정하지 않는 청춘들의 무기력함과 무감각을 그저 묵묵히 하나의 현상처럼 보여 준다.

영화 속에서 인간이 감지하지 못하는 지각변동을 느낄 때 메기는 어항 위로 솟구쳐 오른다고 사람들은 믿는다. 그리고 메기는 두 번 솟구쳐 오른다. 하지만 메기가 다시 떨어지는 곳은 넓은 세상이 아니라 어항 속이다. 사람들은 메기를 믿고 세상을 의심한다. 그러니 의심이라는 것은 믿음의 또 다른 얼굴 같다. 어쩌면 믿음과 의심이라는 것은 각각 표정을 다르게 지은 쌍둥이의 얼굴인지도 모른다.

**믿음의 구멍**

도시에는 싱크홀이라는 엄청난 문제가 생겼지만, 그로 인해 직업이 생긴 성원은 즐거워 춤을 춘다. 길을 지나가던 누군가는 그 속으로 쓰레기를 버린다. 도촬과 데이트 폭력, 노동 착취, 도시의 재개발, 청년 실업 문제 등 엄청나게 무거운 소재들을 가져오지만 〈메기〉는 무거워지지 않는다. 영화 속 메기가 아주 큰 몸집을 하고 있지만 아주 작은 어항에 갇혀 있는 것처럼, 〈메기〉는 아주 커다란 이야기를 가장 작은 단위로 흩어 놓았기 때문이다.

사람들은 계속 무언가를 의심한다. 깊은 의심은 곧바로 강한 믿음으로 표정을 바꾼다. 부원장은 직원들이 아프다는 핑계를 댄다고 의심하는 동시에 그들이 거짓말을 한다고 믿는다. 성원은 잃어버린 반지를 동료가 훔쳤다고 의심하는 동시에 그렇게 믿는다. 하지만 윤영은 좀 다르다. 성원이 옛 여자친구를 때렸다는 이야기를 듣고 그를 의심하지만, 그 사실을 믿고 싶어 하지 않는다. 사람들은 자신이 믿고 싶은 대로 의심하고, 의심하고 싶은 대로 믿는다.

하나씩 밝혀지지만, 직원들은 진짜 아팠다. 성원의 동료는 반지를 훔치지 않았다. 하지만 성원은 윤영의 질문에 진짜 여자친구를 때렸다고 답한다. 순간 커다란 싱크홀이 생기면서 성원은 낙하한다. 어쩌면 블랙홀은 계속 의심했지만 절대 아닐 거라고 믿고 싶었던 윤영의 마음에 생긴 구멍 같다. 영화의 대사처럼 '구덩이에 빠졌을 때 우리가 해야 할 일은 구덩이를 더 파는 것이 아니라 얼른 빠져나오는 것'이다. 그런 점에서 성원이 갇힌 구덩이를 피해 신속히 달아나는 윤영의 선택은 응원해 주고 싶을 만큼 경쾌하다.

**– 우리가 구덩이에 빠졌을 때, 우리가 해야 할 일은**
**더 구덩이를 파는 것이 아니라**
**그곳에서 얼른 빠져나오는 일이다.**

---

**<메기>** (2019)

---

개봉일 2019년 9월 26일
관객수 39,701명
감독 이옥섭
출연 이주영(여윤영 역), 문소리(이경진 역), 구교환(이성원 역), 천우희(메기 역)

영화 16 〈찬실이는 복도 많지〉

Film 16 <LUCKY CHAN-SIL>

## 별에 곁을 둔 삐뚤빼뚤한 날들

처음 글을 배울 때처럼 정자로 꾹꾹 눌러써 보지만 삐뚤빼뚤한 날들이 있다. 피할 수 없다면 즐겨야 한다는 명제 앞에서도 주춤댄다. 태도도 바꿔 보고 마음도 고쳐먹어 보지만 도무지 삶이 즐겨지지가 않아, 또 내가 문제인가 머뭇거리게 된다. 이럴 때, 어떤 방법으로도 즐겁지 않은 상황이 계속 이어질 때면 그나마 열심히 한다는 것이, 열심히 살아왔다는 것이 든든한 위안 혹은 변명이 될 때도 있다. 사실 남들이 알아보지 못하는 악필이라도 내 눈에는 보인다. 흘려 쓴 것처럼 보이지만 대충 쓴 것은 아닌 내 삶, 내 꿈, 내 노력, 그리고 내 가치….

張國榮

**문득 멈춘 삶**

2016년 43회 독립영화제 최고의 화제작은 김초희 감독이 연출한 30분짜리 단편영화 〈산나물 처녀〉였다. 윤여정, 정유미, 안재홍이 출연했다. 실제로 2015년까지 홍상수 감독 영화의 프로듀서였다는 사실을 겹쳐 생각해 보면 이 캐스팅의 비밀에 살짝 힌트가 있는 것 같다. 영화 프로듀서가 주인공인 〈찬실이는 복도 많지〉의 캐릭터 역시 감독의 실제 경험에서 우러나온 덕에 생생하게 살아있다.

함께 작업하는 감독의 갑작스러운 사망에 일이 뚝 끊겨 버린 영화 프로듀서 찬실(강말금)은 제 집도 없고, 남자친구도 없고, 돈도 없다. 먹고는 살아야 해서 친한 배우 소피(윤승아)의 가사도우미로 돈을 번다. 영화감독을 꿈꾸지만 역시 아르바이트로 생계를 이어 가는 소피의 불어 선생 영(배유람)의 따뜻함은 찬실을 설레게 한다. 새로 이사 간 집주인 할머니(윤여정)는 정이 많고, 본인이 장국영(김영민)이라 우기는 남자는 불쑥 찾아와 곁을 맴돈다.

찬실이는 40이 넘은 지금까지 자신의 꿈과 삶을 의심하지 않고 달려왔다. 자신의 노력, 자신이 꾸는 꿈, 그리고 영화를 사랑하고 영화를 위해 살아가는 자신의 삶이 오롯이 지금처럼 변함없이 이어질 거라 믿었다. 늘 함께 작업하던 감독이 죽으면서 프로듀서로서의 자신의 삶도 온전히 거부당하리라곤 생각해 본 적 없다. 하지만 감독보다 딱 하루 더 살다 죽는 게 목표였던 찬실의 인생은 단 하루 만에 완전히 뒤집힌다. 잠시 멈춰선 거라고 스스로 위안해 보지만, 다시 영화를 할 수 있을지 확신이 없다.

찬실은 달아나는 대신, 영화의 곁에서 생존하기로 한다. 영화 스태프들의 도움을 받아 이사를 하고, 배우 소피의 집안일을 도와 돈을 벌고, 소피의 과외선생이자 영화감독 지망생인 연하남에게 설레는데, 찬실이 곁을 떠도는 귀신조차 자기 이름이 장국영이라고 하며 〈아비정전〉 속 속옷 차림으로 자꾸 등장한다. 찬실은 영화의 주변부에 있는 사람들과의 만남을 통해 영화를 만들지는 못하지만 계속 영화의 결에 머무른다고 믿는데, 그게 또 조금은 위안이 된다.

**그럼에도 별의 결**

설익은 밥, 겉만 익은 고기, 덜 녹은 냉동식품. 모두 적당한 온도와 시간을 들이지 않은 요리의 결과다. 이처럼 우리는 아주 쉽다고 생각하는 요리에서 자주 실패하는 경우가 있다. 인생도 비슷하다. 우리가 원하는 것을 얻기 위해 적당한 시간과 온도, 그리고 기다림이 필요하다. 하지만 인내심을 가지고 기다리는 것은 심한 허기 앞에서는 아주 힘든 일이다.

예술가 지망생 혹은 예술가들이 인생에서 겪는 실수 혹은 실패는 성급하게 뚜껑을 열어 설익어버린 요리와 아주 비슷하다. 수육처럼 속이 폭 익어 가는 사람도 있지만, 대부분 겉만 바싹 타 버린 고기처럼 성급하게 자신을 불태우기 쉽다. 〈찬실이는 복도 많지〉의 찬실이는 열정이 넘치지만 제대로 성공하지 못한 수많은 예술인들이 모습과 비슷하다. 찬실이는 프로듀서지만, 실제로는 프로듀서가 아닌 시간이 훨씬 많다. 전업 영화인이고 싶지만, 영화를 하기 위해 기다리는 동안 자꾸 다른 일을 해야만 한다. 지쳐 버린 찬실이는 문득 포기하고 싶어진다.

나는 오늘 하고 싶은 일만 하면서 살어.
대신, 애써서 해.

주인집 할머니의 이 말은 찬실이의 지친 마음을 토닥인다. 삐뚤빼뚤 한글을 배우는 할머니의 글씨는 알아볼 수가 없지만, 할머니의 삶은 꾹꾹 쓴 정자처럼 바르다. 그래서 오늘도 또 하루를 성실히 살아내는 그 태도는 든든하게 의지해 보고 싶을 만큼 멋지다. 진짜 유령 장국영은 찬실이가 자꾸 놓아 버리려는 영화에 대한 초심을 계속 곁에서 상기시킨다. 그래서 유령처럼 떠돌지 않고, 오늘 하루도 포기하지 않고 성실히 흘림체가 아닌 정자체로 살아 보려는 찬실이의 용기와 다짐은 우리를 함께 설레게 만든다.

"장국영 씨. 지금보다 훨씬 더 젊었을 때 저는 늘 목말랐던 거 같아요. 사랑을 몰라서 못했지만,

내가 좋아하는 일만은 나를 꽉 채워 줄 거라 믿었어요. 근데 잘못 생각했어요. 채워도 채워도 그런 걸로는 갈증이 가시지가 않더라구요. 목이 말라서 꾸는 꿈은 행복이 아니에요. 저요… 사는 게 진짜 뭔지 궁금해졌어요. 그 안에 영화도 있어요." 자신의 곁을 떠돌다 깨달음을 주고 떠난 장국영에게 하는 찬실의 대사는 이 영화의 주제를 상징적으로 함축하고 있다.

찬실이가 이사 온 집, 낡았지만 참 정돈이 잘 되어 있는 할머니의 집 한구석에 마련된 찬실이의 방에는 늘 따뜻하고 풍요로운 볕이 눈이 부시게 쏟아져 들어온다. 김초희 감독은 그렇게 따뜻한 시선으로 찬실이의 곁에 늘 볕을 둔다. 소피도 영도 할머니도 모두 찬실이에게 뜨겁지 않지만 볕과 같은 사람들이다. 그래서 찬실이가 맞은 인생은 지금 겨울이지만, 마냥 춥지만은 않다.

— 나는 오늘 하고 싶은 일만 하면서 살어. 대신, 애써서 해.

**<찬실이는 복도 많지>** (2020)

| | |
|---|---|
| 개봉일 | 2020년 3월 5일 |
| 관객수 | 29,510명 |
| 감독 | 김초희 |
| 출연 | 강말금(이찬실 역), 윤여정(할머니 역), 김영민(장국영 역), 윤승아(소피 역), 배유람(김영 역) |

## #5

도시는 건조해서 자꾸 거칠어진다。
뾰족해진 선인장이 된 사람들은 두 팔 벌려
서로를 안아 줄 수 없다。
그렇게 바스락대는 쓸쓸함에 맘이 쓸려
생채기가 나고야 만다。
하지만 문득 눈 돌린 그곳에 사람이 있다。
마음의 흉터가 표정이 되어 버린 순간을 알아주는 사람들
덕분에 오늘도 숨 좀 쉬면서 살았다。
여기 나를 꼭 닮은 사람들이 우리를 이야기하는
영화가 있다。 하늘보다는 땅에 더 가까운
그들의 발을 따라가 보자。

제 오장

# 낮고 깊은 울림

## 영화 17 <파티51>

## Film 17 <Party51+>

## 소멸되지 않을 권리를 노래하는 응원가

홍대 문화의 성장기와 그 결과로 예술가들이 배제되는 수순은 참 아이러니하다. 홍대는 근처의 미술대학과 인디 뮤지션이 모이자 자연스럽게 젊은이들의 거리가 되었다. 최초에 홍대 클럽은 독립 뮤지션들이 숨 쉴 수 있는 공간이었다. 예술가들이 만들어 놓은 상권의 가치가 높아지자, 역설적으로 자본이 모이고 임대료가 높아지고, 높은 임대료를 감당하지 못한 대안공간과 예술가들은 그들이 만들어 놓은 문화공간에 머무르지 못하고 변두리로 밀려난다. 홍대의 문화를 일궜던 예술가들이 자본의 논리에 밀려, 설 자리(혹은 살 자리)를 잃어버리는 과정, 그 개발의 전제는 소멸이다. 다큐 영화 <파티51>은 이런 소멸의 과정에 맞서 싸워 스스로를 생존시켜 자립하고 성장하는 인디 뮤지션 혹은 자립음악가의 이야기다.

**두리반, 그리고 예술가**

영화는 두리반이라는 칼국숫집이 있던 건물이 철거되는 순간을 포착하면서 시작된다. 한받은 기타를 치고, 박다함은 철거현장 주변을 서성거린다. 하헌진은 "오늘은 있었는데 내일은 없잖아요"라고 말하며, 자신들이 노래하던 공간이 사라지는 소멸의 순간을 묵도한다. '두리반'을 중심으로 한 점거의 과정은 아주 흥미롭다. 홍대입구역 부근에 위치한 칼국숫집 두리반은 안종려 사장과 소설가 유채림 부부가 운영했던 아주 작은 가게였다. 공항철도 건설을 위해 건물 자체를 철거해야 하는 상황에서 부부가 받을 수 있었던 보상금은 이사 비용 300만 원이 전부였다.

강제철거라는 벼랑에 선 부부는 두리반을 지키기 위해 농성을 시작한다. 부부가 철거에 맞서 싸우는 동안 한받, 밤섬해적단, 박다함, 회기동 단편선, 하헌진 등의 음악가들이 이들을 찾아온다. 거처를 잃을 위기에 놓인 부부와 노래할 곳이 없는 홍대 인디 뮤지션들은 유대감을 형성하면서 두리반을 거점으로 모여 자연스럽게 음악을 공유하고 두리반은 농성의 공간에서 창작의 공간이 된다.

정용택 감독은 〈파티51〉을 통해 두리반에 모여든 음악가와 주인 부부의 이야기를 카메라에 담아낸다. 두리반에 모인 음악가와 밴드들은 강제철거 위기 속에서 두리반에서 라이브 공연을 시작한다. 매주 공연이 이어지고, 악조건에도 이들의 음악은 멈추지 않았다. 2010년 5월 노동절 120주년을 맞아 두리반에 60개가 넘는 밴드가 몰려 뉴컬처 파티 51을 개최하면서 두리반은 절정을 맞이한다. 〈파티51〉은 이 공연의 열기와 두리반에 모여 활동한 인디 뮤지션들의 숨결을 관객들에게 고스란히 전달한다. 이렇게 말로만 듣던 두리반의 이야기를 생생하게 바라본다는 것은 진기하고 값진 경험이다. 그리고 그 긴 시간 긴 호흡의 이야기를 이념에 치우치지 않고 담아낸 정용택 감독은 화면 가득 따뜻한 온기를 품은 시선을 거두지 않는다.

## 다시, 응원하다

첫 장면을 떠올려본다. 다큐멘터리는 그들이 노래를 하고 지키려고 애썼던 두리반 건물이 무너지는 장면으로 시작한다. 인디 뮤지션의 협조와 주인 부부의 끈질긴 노력 덕분에 두리반은 합리적 수준의 보상금을 받고, 인근에 다시 칼국숫집을 차릴 수 있게 되었다. 역설적으로 투쟁의 공간이 아닌, 공연을 하고 관객과 만나는 소통의 공간으로서의 '두리반'은 사라진 셈이다.

두리반 투쟁은 보상이라는 목표를 이뤄냈지만, 역설적으로 뮤지션들은 노래할 공간을 잃어버린다. 하지만 붕괴와 소멸이라는 첫 장면은 역설적으로 새로운 시작을 상징한다. 생존의 문제에 맞서 싸우는 칼국숫집에 음악을 할 곳이 없는 인디 뮤지션이 모여 점거에 동참한 것은 홍대라는 인디 신에서 밀려난 음악가들이 스스로 자립할 곳을 찾아야 한다는 유대감, 그리고 나의 터전을 지키기 위해서는 손쉽게 물러서서는 안 된다는 현실 인식이 함께 했기에 가능한 것이었다.

그들은 인디라는 수식어 대신 '자립음악가'라는 정의를 스스로에게 부여하면서, 생생하게 예술가의 성장 드라마를 직조해낸다. 그래서 그들은 건물이 사라지는 소멸의 순간에도 함께 사라지지 않고, 소멸되지 않을 권리를 향해 한발 나아갈 수 있다. 그리고 이런 예술인들이 만들어내는 예술적 저항은 여전히 부당한 현실에 맞선다.

자칫 농성과 점거라는 소재 때문에 아주 무거운 영화라는 선입견을 가지게 되지만 사실 정용택 감독의 〈파티51〉은 오히려 흥겨운 영화다. 예술가들의 저항 정신은 무겁게 가라앉아 있지 않다. 그런 점에서 〈파티51〉은 삶에 지친 관객들의 어깨를 토닥여 주기에 부족함이 없는 작품이기도 하다. 우리가 맞서야 하는 대상, 그리고 맞서는 방법에 대해 다시 생각하게 만드는 작품이기도 하다. 더불어 오늘날 예술가가 가져야 하는 저항정신과 표현, 그리고 동시대성에 대해 진지하게 고민하게 만든다.

무너진 두리반의 공간을 전제로 다시 농성장

으로서의 두리반을 되짚어 가면서 정용택 감독은 <파티51>에 등장하는 자립음악가들은 오직 노래하는 공간이 주어지고, 노래를 할 수 있다면 살아갈 수 있고, 꿈을 꿀 수 있다고 증언하는 과정을 경쾌하고 긍정적인 화법으로 담아낸다. 그리고 무언가를 지키기 위해, 문화를 창조하면서 새롭게 숨 쉴 방법을 찾아낼 수 있다는 긍정적이고 믿어 봄직한 낙관을 이야기한다. 아직 자립하지 못한 사람들에게, 혹은 여전히 생존에 가까운 꿈을 꾸는 사람들에게 이처럼 힘찬 응원가가 또 있을까?

– 수많은 일들이 동시에 일어난다.
수많은 일들이 동시에 일어난다. ♫

**<파리51>** (2014)

개봉일 2014년 12월 11일
관객수 2,788명
감독 정용택
출연 하헌진, 회기동단편선, 밤섬해적단,
한받, 박다함

영화 18 〈길 위에서〉

Film 18 <On the Road>

## 화두話頭, 그 실마리를 풀다

화두(話頭). 다큐멘터리 영화 〈길 위에서〉를 보다 잘 설명하기 위한 첫 번째 단어라, 이 지면을 시작하는 첫 번째 단어로 사용하고 싶었다. 사전적인 의미로는 이야기의 첫머리, 불교용어로는 참선 수행을 위한 실마리를 이르는 말이다. 즉, 화두(話頭)란 참선 수행자가 궁극적으로 그 해답을 찾고 싶어 하는 근본적인 문제인 셈이다. 〈길 위에서〉의 이창재 감독이 이 다큐멘터리를 통해서 꺼낸 '화두'는 비구니가 된 그녀들의 '화두', 그 실마리를 찾는 과정이다.

## 무엇을 보고 싶은가, 를 묻다

이창재 감독은 다큐멘터리 〈길 위에서〉의 촬영을 위해 비구니 수행도량인 백흥암에서 300여 일을 보냈다. 여성 무속인의 삶을 그려낸 다큐멘터리 〈사이에서〉 이후 7년, 치열하게 정진하는 비구니 스님의 삶에 카메라를 들이댄다. 금기를 깨고, 금기의 공간에 들어선 카메라는 내밀하게 비구니들의 일상으로 파고들지만, 비구니들의 삶은 전혀 우리가 기대하는 것처럼 더 드라마틱한 과거, 고뇌를 품은 비장한 삶과 거리가 멀다. 그리고 결이 다른 이야기들을 하나로 묶어낸 다큐멘터리는 촬영 자체를 수행의 과정에 녹여낸다. 떠들지 않는 감독의 묵묵한 접근법은 문 없는 방 안에 갇혀 오직 기도에만 정진하는 묵언수행과도 크게 다르지 않다.

경북 영천시 팔공산 자락의 백흥암은 1년에 딱 두 번, 부처님 오신 날과 백중날에만 일반인에게 개방되는 공간이다. 백흥암 내부가 세상에 공개된 것은 14년 만이며, 비구니들의 수행 과정을 담아낸 것은 최초라고 한다. 이창재 감독은 출가를 결심하고 비구니가 되어 '도'를 깨달아 가는 수행의 과정을 묵묵하게 바라본다. 감정의 개입 없이, 그의 카메라는 새벽 3시를 알리는 목탁 소리와 함께 깨어나고 저녁 9시까지 이어지는 예불과 명상을 따라 움직인다.

그렇다고 그 속에 오롯한 수행의 과정만 있는 것은 아니다. 행자스님들의 깨알 수다와 장난, 윷놀이 장면도 맑게 담아낸다. 또한 해외 유학 후 교수 임용을 앞두고 불현듯 출가한 상욱 스님, 어릴 때 절에 버려져 동진 출가한 선우 스님, 그 어떤 종교도 '나'를 찾기 위한 방법을 제시하지 않는데 불교만이 '나'를 고민하게 한다며 출가했다는 사차원 민재 스님, 37년이나 수행에 정진했으면서 '밥값'에 대해 고민하고 '밥값'을 해야 한다고 다짐하면서 울컥하는 영운 스님 등 다양한 비구니들의 모습을 담는다.

영화의 서두에 스님은 감독에게 무엇을 보고 싶은지 묻는다. 이 질문에 대한 대답은 영화가 끝난 시점에도 또렷이 밝혀지지 않는다. "한 절에서

들은 여성 행자의 대성통곡이 나를 백흥암으로 들어서게 했다."는 이창재 감독의 내레이션으로 영화는 시작되지만, 영화는 질문도 해답도 그 어떤 것도 구체적으로 드러내지 않는다.

**경계에 대한 예의**

카메라는 멀찍이 풍경 속에 물러나 있다가 내밀한 고백 속으로 깊이 파고든다. 하지만, 사적인 호기심을 충족시켜 줄 만한 이야기를 캐내는 법은 없다. 관객들은 어쩌면 비구니가 될 수밖에 없었던 그녀들의 기구한 사연을 더 궁금해하겠지만 〈길 위에서〉가 보여 주는 것은 수행의 과정이며, 그 수행의 과정에 참여한 비구니라는 '사람'이다.

〈길 위에서〉에 상욱 스님이 정말 비구니로서의 삶을 살아낼 수 있을지 노스님과 면접을 하는 장면이 나온다. 절에도 시시비비가 있고, 미운 사람도 있다. 속세와 완전 인연을 끊고 수행만 할 수 있는 안온한 삶만이 존재하는 초월의 공간이 아니라 삶에 밀착된 또 다른 삶의 터전임을 보여 주는 장면이다. 〈길 위에서〉에 나오는 스님들의 삶은 엄격한 규율 속에 갇혀 있지만, 사찰은 그들은 과거의 틀에 가둬 두진 않는다.

한층 젊어진 스님들은 휴대폰도 소유하며, 기념촬영도 하고 만행을 떠나 만난 사람들과 대화도 나누면서 외딴 곳에 존재하는 종교가 아니라 사람들의 삶 속으로도 자연스럽게 파고드는 불교의 현재를 보여 준다. 여기에 동정 어린 시선이나, 비판적인 시선, 혹은 꾸미려는 감독의 시선이 머물지 않기에 관객들은 비구니들의 삶을 그저 보여 주는 대로 목도하게 된다. 평생을 해도 도달할 수 없는 수행의 어려움이 밥값의 어려움이라는, 그리고 내가 과연 밥값을 하며 살고 있는가 하는 고민은 비록 비구니가 아니라도 지금, 삶을 고민하는 모든 사람들에게 던질 수 있는 질문이기도 하다.

금기된 곳에 들이댄 카메라 속에 금기된 일은 담기지 않았다. 사람들의 호기심을 만족시켜 줄 만한 장면도, 그녀들이 비구니가 된 이유도 밝혀지지 않는다. 그저 사람들을 사색하게 만들지만, 맑고 가볍게 툭툭 털어낼 수도 있다. 그녀들의 삶은 우리보다 무겁지 않았고, 우리의 삶이 그녀들보다 결코 가볍다고 생각해서도 안 된다.

200시간이 넘는 촬영 분량을 1시간 45분으로 축약하면서 감독은 백흥암과 스님들의 요구를 모두 수용하며 극적인 장면들까지 다큐멘터리에서 다 삭제했다고 한다. 감독은 줄곧 그들과 우리 사이에 선을 그으며, 그 경계가 예의라고 말한다. 속세의 사람들이, 속세를 떠나 살기로 한 그들에게 지켜야 할 예의는 같은 길 위에 서는 것이 아니라 경계를 지켜 삶의 영역을 분리해 주는 것이다. 그들의 삶이 우리와 다르지 않아 보인다고, 그들의 삶이 우리와 같다고 생각해서는 안 될 일이라고 말하는 것 같다.

– 수행자들은 한곳에 오래 머물지 않는다.
오래 머물러 생기는 인연을 경계하기 때문이다.

---

**<길 위에서>** (2013)

---

개봉일 2013년 5월 23일
관객수 53,526명
감독 이창재
출연 민재 행자, 선우, 상욱, 영운

## 영화 19 〈셔틀콕〉

## Film 19 <Shuttlecock>

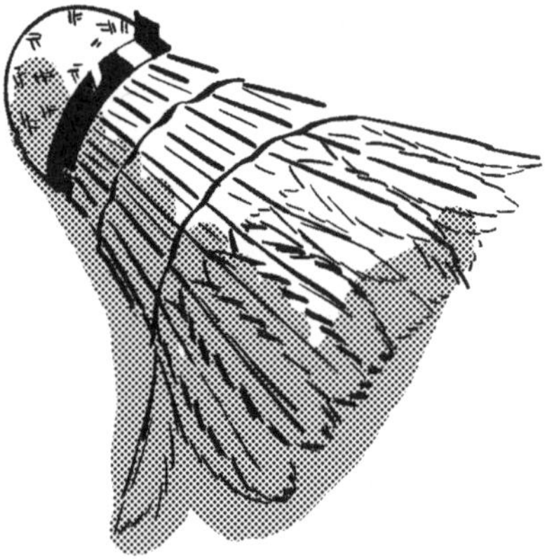

## 그렇게, 떠밀려, 어른이 되어 보라는 여행

두 사람이 나란히 마주하고 서서 대화하듯 완급을 조절하지 않으면 제대로 즐기기 어려운 게임이 배드민턴이다. 배려심 없는 상대와 만나면 채 한 번 제대로 휘둘러 보지 못하고 줄곧 셔틀콕만 주우러 다니느라 진이 빠진다. 실력이 조금이라도 나은 사람은 상대방이 익숙해질 때까지 인내심을 가지고 기다려야 한다. 무척 단순해 보이지만, 굉장히 다양한 변수를 가진 배드민턴이라는 게임, 그리고 그 게임을 즐기기 위해 꼭 필요한 '셔틀콕'을 제목으로 삼은 이유는 명쾌하다. 영화 〈셔틀콕〉은 각자 다른 곳을 보고 서서 허공을 향해 자기 얘기만 하다가 셔틀콕 한번 주고받아 보지 못한 채 마음이 너덜너덜해져 버린 아이들의 이야기이기 때문이다.

## 그토록 지난한 마음의 소통

은주, 은호의 어머니와 민재의 아버지의 재혼으로 가족이 된 아이들. 사고로 부모가 죽고 남겨진 보험금으로 살아가는 세 남매 은주(공예지), 민재(이주승), 은호(김태용). 어느 날 은주가 1억 원을 가지고 집을 나가 버린다. 민재는 은주의 행방을 좇고, 남해에 있다는 소식을 듣고 길을 나선다. 그리고 불청객 같은 은호가 그 여정에 함께한다. 줄거리를 적고 보면 다소 끝이 뻔해 보이는 이야기처럼 보인다. 게다가 첫사랑과 이복남매라는 흔한 소재에 로드 무비라는 성장영화에 적합한 틀을 갖췄다.

하지만 <셔틀콕>은 단순하지 않다. 줄거리로 요약된 순간 클리셰가 되는 익숙한 이야기를 꽤 다르게 풀어내기 때문이다. 그래서 아주 많이 들었던 것 같지만, 솔직히는 한 번도 보지 못했던 새로운 이야기가 된다. 애초에 피 한 방울 섞이지 않았지만, 가족의 울타리 속에 구겨져 있던 아이들에게 부모의 상실은 모든 것으로부터의 자유인 동시에 모든 관계로부터의 속박이 된다.

그렇게 홀로 남겨진 아이들은 제 인생 하나 책임지기 힘든 상황에서 남과 다름없는 동생을, 미래가 어찌될지도 모를 배 속의 아이를 품어야 한다. 첫사랑의 서툴고 아련한 마음을 품고 있지만, 마치 빚쟁이를 대하듯 하는 민재나, 끝내 자신의 속내를 털어놓지 않는 은주나, 줄곧 재잘대는 은호의 말은 늘 허공 속으로 흩어지는 독백일 뿐, 제대로 된 대화로 이어지지 않는다.

하지만 이 아이들은 상대방의 말이, 미처 꺼내지 못한 마음이 무엇인지 정말 명확하게 알고 있다. 말이 되는 순간 무너져 버릴 수밖에 없는 위태로운 관계를 지탱하는 것이 외면과 부정이라는 사실을 아이들은 알고 있다. 일례로 성정체성이 확립되지 않은 막내 은호가 치마 입기를 좋아하고, 매니큐어를 바르고 여자아이처럼 되고 싶어 하는 것을 민재는 일찌감치 알고 있지만 차마 말로 꺼내 의심하지 않는다. 민재의 분노가 폭발하는 순간은, 그런 은호에게 익명의 아이들이 '게이'라는 표식을 낙서처럼 드러내 은호의 '정체'를 폭로한 순간이다. 그리고 아마 은주가 민재에게서 달아났던 그 순간, 말이 되어 나왔던 민재의 욕망은 은주에게 동일한 폭력이었을지도 모른다. 이미 알고 있지만, 듣고 싶지는 않은 말은 그렇게 생채기가 된다. 결국 은주를 되찾고 싶은 거지만, 계속 돈을 돌려달라고 말하는 서툰 민재는 끝내 아무것도 기억나지 않는 척하는 은주에게 말한다.

## 말한 건 있고, 말 안 한 건 없는 거야?

〈셔틀콕〉을 이야기하면서 빼놓을 수 없는 것은 이주승이라는 배우이다. 이주승은 독립영화 그 자체이면서, 독립영화는 이주승을 통해 나름의 생기를 얻는다. 열아홉 김경묵 감독의 〈청계천의 개〉로 데뷔한 이후 줄곧 독립영화에서 고등학생 역할을 맡아 왔고, 군필 스물여섯 청년이 되었지만 제대 이후 두 작품에서도 이주승은 여전히 고등학생 역할을 하고 있다. 다 자란 어른의 느낌이 없는 소년 같은 표정에 부루퉁하게 꾹 다문 입술이 마치 다른 이야기를 숨기고 있을 것 같은, 더 자라야 할 것 같은 이미지는 신비스럽다.

많은 독립영화 감독들은 늘 나른하면서도 날카로운 이미지를 간직한 이주승에게 비밀스러운 이야기의 열쇠를 맡겼다. 2008년 백승빈 감독의 〈장례식의 멤버〉에서 이주승은 한 번도 어른 흉내를 내 본 적 없는 것 같은 그저 비밀스러운 소년의 모습 그 자체였다. 민용근 감독의 단편 〈열병〉에서는 스토킹을 하지만, 절대 미워할 수 없는 소년의 집착을 보여 주었다. 이원식 감독의 〈누나〉에서는 누나를 통해 상처를 보듬고 치유해 보려는 소년이 었다. 이난 감독의 〈평범한 날들〉에서는 할아버지의 죽음에 결박된 채 한발도 벗어나지 못하는 소년의 파국을 보여 준다. 공귀현 감독의 〈U.F.O〉는 뭔가 늘 비밀스러운 이주승의 이미지가 캐릭터와 가장 잘 맞아떨어지는 영화였다.

이유빈 감독의 〈셔틀콕〉에서도 이주승은 세상에 홀로 남겨진 소년이 되어 여전히 거칠고 퉁명스러운 방법으로 첫사랑의 아픔도, 자신에게 지워진 무거운 짐도 책임지고 일어서려는 힘겨운 순간을 표정과 몸으로 만들어 낸다. 달아나려 하지만 결코 버릴 수 없는 무거운 삶을 깃털처럼 가벼운 셔틀콕에 빗대었지만 그 은유가 결코 과하거나 모자람이 없다. 서산, 당진, 전주, 남해까지 이어지는 형제의 여행은 꽤 험난하지만, 길 위에 선 아이들을 바라보는 시선은 위태롭지 않다. 결국 그렇게 아이들은 자라나고, 살아낼 거라는 믿음을 민재에게 실어 주었기 때문이다.

달아났다가 되돌아오기를 반복하면서 민재는 은호를 절대 버리진 않을 만큼 단단해지고 있다. 그리고 이제 말이 아닌 마음이 소통하는 방법을 스스로 깨닫는다. '조금만 치면 털이 빠지고, 혼자서는 연습도 못 하는, 생긴 것도 이상한' 셔틀콕처럼 그렇게 소년은 혼자 너덜너덜해진 마음을 다스리며 떠밀리듯 어른이 된다.

– 공이 이상해, 지 마음대로야.
바람 조금만 불어도 아무데나 막 날아가고 조금만 쳐도
털 다 빠지고, 생긴 것도 이상하게 생겨 가지고….

---

**<셔틀콕>** (2014)

---

개봉일 2014년 4월 24일
관객수 4,654명
감독 이유빈
출연 이주승(민재 역), 김태용(은호 역),
공예지(은주 역)

2 15

영화 20 <이것이 우리의 끝이다>

Film 20 <Futureless Things>

## 이것이 끝이어선 안 될 우리

좁은 공간에 사람들에게 필요한 잡다한 물건들을 얼마나 많이 진열하느냐는 편의점의 주요 덕목 중 하나다. 아르바이트로 생계를 유지해야 하는 인구가 500만 명이 넘는다는 대한민국(영화 개봉 시기인 2014년 기준)에서, 편의점은 청춘들이 가장 용이하게 일자리를 구할 수 있는 곳이기도 하다. 편의점은 생계를 위해 일자리가 필요한 사람들이 또한 인생에서 만날 수 있는 온갖 종류의 사람 혹은 진상들을 대면해야 하는 곳이기도 하다. 잡다한 편의점의 물건들처럼 다양한 사람들이 오가고 만나는 곳이다.

2 18

**없는 물건 같은 청춘**

새벽, 도시 변두리 편의점에서 알바를 시작한 기철(공명)은 곧 알바를 그만두려는 하나(유영)에게 일을 배우고 있다. 기철은 막 시작되려는 연애 앞에서 머뭇대고, 하나는 끝나 가는 사랑에 마음이 아프다. 이들을 중심으로 이어지는 이야기 속에서 편의점에는 대학생, 자퇴생, 뮤지션, 배우 지망생, 동성애자, 탈북자, 실직자 등이 모여든다. 편의점에 있는 다양한 물건들 같은 사람들이 모였다 흩어지는 가운데 편의점의 하루는 예상치 못한 결말로 치닫게 된다.

김경묵 감독의 〈이것이 우리의 끝이다〉는 변두리 편의점이라는 공간을 '끝' 혹은 궁지에 몰린 사람들이 벗어나기 어려운 현실의 덫처럼 활용한다. 그리고 수많은 인물들이 층위의 조절 없이 뒤섞인 이야기와 등장인물은 그 자체로 편의점과 그 속의 빼곡한 물건들을 닮았다. 편의점에서 일하는 주인공은 최저임금으로 노동력을 착취당하는 노동자들이다.

지금은 알바를 전전하지만 과거에 직업을 가졌던 사람도 있다. 그리고 막연하지만 미래를 꿈꾸기도 한다. 이들이 만나는 각양각색 손님들을 통해, 우리는 세상을 살아가면서 스쳐 지나가는 인간군상 혹은 진상 인간들을 차례차례 만난다. 이러한 만남들 사이에 감독은 다양한 소재들을 녹여낸다. 시작된 사랑, 힘겨운 사랑, 탈북과 동성애, 노동 착취와 좌절된 꿈을 촘촘하게 나열하는데 아주 많지만 나름의 규칙에 따라 진열된 편의점 물건들처럼 산만하지 않게 잘 정돈해낸다.

편의점식으로 나열된 이야기 속에서 내 삶과 크게 다르지 않은 고민과 문제의식을 발견하는 관객들은 공감하고 동감할 수 있는 영화다. 그리고 '끝'이라는 선언 같은 제목과 달리 김경묵 감독은 여전히 이 속에 담긴 삶이 그들의 '끝'이어선 안 된다고 말한다. 중심 서사와 중심인물 없이 늘어놓은 에피소드들은 하나같이 우울한 현실을 반영하지만, 그 속에 설렘과 끝내 놓아 버릴 수 없는 꿈까지도 담아낸다. 그런 점에서 감독은 영화 속 손님들에게는 일종의 상투성을 덧입히고, 편의점 알바들에게는 마치 편의점에는 없는 물건 같은 독특한 생기를 입혔다. 게다가 재기 넘치는 젊은 배우들 덕분에 무거운 이야기가 상큼하게 느껴진다.

**이것이 우리의 시작이라는 응원**

장사가 안 된다는 이유로 알바비도 제대로 주지 않는 전두환 사장과 진상 손님들에 맞서는 청춘들의 아픔 이면에는, 대기업 편의점 본사로부터 착취당하는 전두환 사장의 현실도 녹아들어 있다. 사장과 편의점 알바들은 노동력 착취와 억압이라는 고리 속에 얽혀 있지만, 그 누구도 편의점을 벗어날 수 없다는 힘겨운 현실은 삶의 공포처럼 영화 속에 드러난다.

자본주의 사회에서 모두 잠든 시간에 깨어 있는 이들이 정작 자본화된 사회의 소외계층이라는 그 적나라한 민낯을 김경묵 감독은 일상처럼, 진열된 물건처럼 나열한다. 각기 다른 정체성을 가진 사람들이 똑같은 유니폼을 입고 서 있는 모습에서는 다양성이 편의점 알바라는 하나의 계층으로 묶이는 현실에 씁쓸한 웃음이 흐른다.

애초에 제한 상영 등급을 받았지만 재심의 끝에 개봉한 〈줄탁동시〉 이후 한결 편안한 목소리로 이야기하는 〈이것이 우리의 끝이다〉는 시종 활

기차고 가벼운 외형으로 드러나지만, 곱씹어 볼수록 점점 더 뒷맛이 쓴 슬픔을 그 속에 녹여낸다. 전작들을 통해 타협 없는 주제의식에 주목하던 감독이 표현하고 싶은 날카로운 화두를 부드럽게 표현하는 방법을 고민하고 있다는 점에서 이 영화는 볼만한 가치가 있다.

독립영화계의 스타 이주승을 비롯하여 이바울, 김새벽, 공명, 신재하 등 지금은 신인을 넘어 영화계의 든든한 중심이 된 배우들을 한곳에 불러 모은 김경묵 감독의 안목이 돋보이는 작품이기도 하다. 이 배우들이 성장할 때마다 〈이것이 우리의 끝이다〉는 수시로 꺼내 보게 되고 언급되는 영화가 될 것이다.

사실 〈이것이 우리의 끝이다〉는 제15회 전주국제영화제 상영 당시 15세 관람가 등급이었지만, 정식 극장 개봉을 앞두고 청소년 관람 불가 등급을 받았다. 욕설, 비속어, 모방 위험 등이 그 이유지만 정작 영화를 본 관객들이라면, 그 관람 등급을 수용하기는 쉽지 않다.

– 21분 뒤나 21개월 뒤나 어떻게 될지 모르는 건
마찬가지잖아요?

**<이것이 우리의 끝이다>** (2014)

개봉일 2014년 6월 26일
관객수 2,926명
감독 김경묵
출연 공명(기철 역), 유영(하나 역), 신재하(한수 역), 이바울(기선 역), 김새벽(민희 역), 이주승(지용 역)

## #6

파괴와 창조의 마침표 역사 대신、쉼표를 찍어 준 사람들
덕에 시대와 시간、그리고 그 속의 사람들은 변해 왔다。
그사이 굴곡진 거울 대신 평평해진 거울로
세상에 비치는 여성들의 이야기는 성별이 운명이라
인식하는 시간과 맞서 왔다。
여기 남성이라는 고유명사화된 시간 사이에
계속 쉼표를 찍어 주는 영화가 있다。
이 쉼표는 여성과 남성이 함께 숨을 쉴 수 있게 한다。
또한 편견에 사로잡힌 세상의 바깥문을 열어 줄
열쇠처럼 단단하고 꼿꼿하다。

제 육장

# 여성, 쉼표가 바꾼 시간들

영화 21 〈화차〉

Film 21 <Helpless>

2 28

## 아는, 그러나 몰랐던 그 여자 이야기

굴곡된 거울에 비친 모습이 진짜라고 믿었던 시절이 있다. 어딘가는 부풀어 오르고 어딘가는 찌그러져 있지만 누구도 그게 틀렸다고 말하는 것조차 어려웠던 시절도 있었다. 어쩌면 처음부터 굴곡진 거울을 보고 자란 사람들은 비틀어진 모습이 진짜라는 착각에 빠지기 쉽다. 사실 세상을 비틀어 버리는 왜곡된 거울에 맞서 온전한 제 모습을 찾아간다는 것은 쉬운 일이 아니다. 하지만 비틀린 세상은 늘, 자신을 비추는 굴절에 맞서 싸운 사람들 덕분에 조금씩 평평해지고 있다. 그리고 부당함에 맞서 바른 결과를 이끌어낸 개인의 삶은 타인의 삶에도 영향을 미친다. 평평해진 거울은 결국 나뿐만 아니라, 내 옆에 선 사람들의 모습까지 올바른 모습으로 담아내기 때문이다.

## 여성, 이야기

결혼 한 달 전, 부모님 댁에 내려가던 중 휴게소에 들른 문호(이선균)와 선영(김민희). 커피를 사러 갔다 오니 흔적도 없이 약혼녀가 사라졌다. 그녀를 찾기 위해 전직 강력계 형사인 사촌 형 종근(조성하)에게 도움을 청한다. 결국 가족도 친구도 없는 그녀의 모든 것이 가짜라는 것이 밝혀진다. 선영의 범상치 않은 행적은 단순 실종사건이 아니었다. 그녀의 정체에 다가갈수록 점점 더 충격적인 진실들이 드러난다.

변영주 감독의 〈화차〉는 그저 평범하게 살고 싶다는 꿈조차 이룰 수 없는 한 여인의 이야기를 알고 있는지 묻는다. 그리고 사회의 모순과 병폐 속에서 살아남기 위해 극악의 선택을 할 수밖에 없는 한 여인의 이야기로 관객들을 설득한다. 미야베 미유키의 동명 소설을 원작으로 하는 이 작품은 1992년의 일본이 아닌, 2000년대 한국으로 배경을 옮겼다. 우리는 IMF라는 큰 시련을 겪었다. 경제적 파탄과 신용불량자에 대한 비극에 공감대가 형성

되었다.

여기에 새로운 결말과 원작에 없는 남자 주인공 문호를 만들어 선영이라는 인물을 더 도드라지게 만든다. 무겁고 무서운 여성의 삶 속으로 들어간 카메라는 이 미스터리한 인물을 판타지에 가두지 않는다. 오히려 판타지의 주인공은 가장 낮은 곳의 삶을 전혀 이해하지 못하는 중산층 수의사 문호이다. 변영주 감독의 영화 속에서 여성은 대상이 아니라 주인공이다. 사회적 비극 속에서 남자 주인공은 선량한 가해자, 혹은 무지한 방관자의 모습을 하고 있다.

문호를 만나기 전 경선이란 진짜 이름을 가진 여인의 공간은 어둡고 후미진, 낮고 허름하고 지독히 아무것도 없는 일상적 공간이다. 그리고 이 일상적 공간 속에서 그저 평범하게 살고 싶은 욕망하나 이루지 못하는 삶도 있다는 사실은 아릿한 통증을 남긴다.

### 여성, 계급

영화 속에서 경선은 아버지가 죽어 버리기를 매일 간절히 기도한다. 내가 살아 있는 동안에는 혹은 아버지가 살아 있는 동안에는 결코 벗어날 수 없는 자본주의 속 사채라는 고통은 그 자체로 비극이다. 〈화차〉는 결코 자신의 힘으로는 살아남을 수 없는 가장 낮은 계층 사람의 삶을 바라본다. 그리고 변영주 감독은 명백한 범죄자이지만, 경선을 동정할 만한 피해자로 바라본다.

문호는 살아남기 위해서 누군가를 죽이고, 가짜 신분까지 입어야 하는 삶이 있다는 사실을 받아들이고 동정하거나 경선을 이해하지 않는다. 오직 문호가 관심이 있는 것은 그녀가 자신을 돈 때문에 속인 건지, 그럼에도 그녀에게 자신을 사랑하는 진심이 있었는가 하는 사실이다. 순진하기까지 한 문호의 질문, 혹은 문호라는 캐릭터는 어쩌면 내 삶과 거리가 멀다고 여기며 낮은 곳의 사람들을 돌아보거나 이해하지 않고 방치하는 우리들의 진짜 모습과 가장 가까운 건지도 모른다. 그러니 실질적인 폭행을 행하는 사채업자와 더불어 문호의 무지함은 그 자체로 다른 폭력이 되는 것처럼 보인다. 하지만 문호의 갈급함과 그에 대한 동정심 때문에 관객과 등장인물 사이에는 교감이 생긴다.

변영주 감독은 남성 중심의 욕망이 지배하는 사회에서 패배하는 여성의 삶, 경제 자본주의 속 생존에 실패한 한 여성의 삶을 관찰하면서 남성을 적대시하지 않는다. 그의 영화 속에서 남성들은 여전히 삶이 서툴고 그 삶 속에서 모자란 인간들이라 자꾸 실수를 하는 사람들이지 비난받아야 하는 대상은 아니다. 그래서 변영주 감독의 작품은 논쟁적이고 공정한 젠더의 관점을 드러낸다.

다양한 사람들의 시점과 미스터리한 이야기의 배치를 통해 경선이라는 인물의 실체에 다가갈수록 변영주 감독은 손잡이가 아닌 날이 선 칼날을 관객에게 들이민다. 인간 본성이라는 민낯 뒤로 그보다 더 잔인한 자본주의의 괴물을 숨겨 둔 이야기는 불편하지만 우리 사회의 폐부를 적나라하게 드러낸다.

똬리 틀고 있다가 갑자기 독이 든 이빨을 드러내는 뱀처럼, 일상적인 모습으로 동그마니 웅크려 있는 분노와 불신이 자리한 우리 사회에 사실 이 모든 불합리와 차별을 극복할 대안은 없어 보인다.

살아남기 위해 선과 악의 경계가 무너진 인물들, 범죄만이 생존의 유일한 도구가 된 사람들. 변영주 감독이 보여 준 〈화차〉 속 세상은 판타지로 직조된 가공의 세계가 아니라, 수직과 수평으로 엄밀하게 구별된 자본주의 계급사회를 담아낸 적나라한 거울이라 더욱 뜨거운 지옥 같아 보인다.

– 하느님 아버지, 저를 가엾게 여기신다면
제발 저희 아버지 좀 죽여 주세요….
저희 아버지 시체를 제 눈앞에서 보게 해 주세요.
제발, 제발 우리 아버지 좀 죽여 주세요!

**<화차>** (2012)

개봉일 2012년 3월 8일
관객수 2,436,884명
감독 변영주
출연 김민희(차경선 역), 이선균(장문호 역), 조성하(김종근 역), 송하윤(한나 역)

영화 22 〈죄 많은 소녀〉

Film 22 <After My Death>

## 약해서 끝내 악해지는 마음들

덜 자란 나이, 월컹대던 시간 속에 갇혀 버렸던 시절이 있다. 다 지나간다고, 모두 겪었다고, 과정이라고, 성숙해질 거라고, 터널 끝을 건너간 사람들은 말한다. 하지만 막상 터널 속에 갇힌 사람들은 그 속에서 한 걸음도 나아갈 수 있을 것 같지가 않다. 선의라고 생각하는 말들이 악의가 되어 떠도는, 나를 지키려는 거짓말은 타인에게 칼날이 되고야 마는 미성숙한 시간들이 지옥 같다. 마치 나를 향해 끼얹어 버릴 것 같은 물 한 잔이 얼음처럼 차가울지, 화상을 입힐 만큼 뜨거울지 알 수 없는 그런 시간들이었다.

**덜 자란 시간 속 우리**

갈은 반 친구 경민(전소니)의 갑작스런 실종으로 마지막까지 함께 있었던 영희(전여빈)는 가해자로 지목된다. 딸의 실종 이유를 알아야 하는 경민의 엄마(서영화), 사건의 진실을 밝히려는 형사(유재명), 상황을 빨리 정리하고 싶어 하는 담임 선생님(서현우), 학교 친구들 모두 영희가 가해자라고 의심하며 잔인하게 군다. 그러다 실종되었던 경민의 시신이 발견된다. 영희를 향한 사람들의 원망이 극에 달하고, 영희는 극단적 선택을 한다.

김의석 감독의 장편 데뷔작 〈죄 많은 소녀〉는 약해서 끝내 악해지고 마는 사람들의 표정을 소녀의 실종이라는 사건 속에 담아낸다. 영화 속 사람들은 영희를 가해자로 지목하며 죄의식에서 손쉽게 벗어나려 한다. 이 과정에서 방관자들은 동조자 혹은 가해자로 재빠르게 표정을 바꾼다. 누구도 경민의 죽음을 애도하는 것 같지 않다. 경민의 죽음은 이들 삶의 한가운데 있지만 정작 사람들은 자신만은 경민의 죽음에 책임이 없다고 포악을 하며 다

툰다.

김의석 감독은 여러 사람의 입을 거치며 달라지는 이야기 속, 경계가 무너진 인물들을 통해, 이해라는 것이 얼마나 허망한지, 개개인의 적의가 얼마나 깊게 한 사람의 인생을 망칠 수 있는지를 보여 준다. 감춰진 적의를 하나씩 드러내는 소녀들의 표정을 통해 감독은 죄의 값, 죄의식의 값, 그 값의 올바른 셈은 얼마인지를 되묻는다.

늘 덜 자란 우리들의 시간 속에서 사람의 마음 역시 덜 익어 풋내가 난다. 그래서 우리는 경민이 극단적인 선택을 한 이유도, 끝내 사람들을 용서하지 않은 영희의 선택이 진심인지, 유령처럼 떠돌며 수면 위로 떠오르지 못한 소녀들의 사랑은 어떤 색깔이었는지 알 수가 없다.

**죄의식의 표정**

독립영화는 흔한 말로 괴물신인을 꾸준히 발굴해 내는데 〈장례식의 멤버〉(2008) 이후 독립영화계의 독보적인 스타라 불린 이주승을 비롯해 〈파수꾼〉(2011)의 이제훈, 〈거인〉(2014)의 최우식, 〈한공주〉(2014)의 천우희 등이 독립영화를 통해 또렷한 존재감을 선보였다. 그리고 〈죄많은 소녀〉의 전여빈이 뒤를 잇는다. 배우 전여빈은 친구의 장례식장에서 락스를 들이켠 후 식도가 타들어 가는 연기를 하기 위해 좀비 연기를 지도했던 전문가를 직접 찾았다고 한다.

죽은 아이에 대한 죄의식과 자신을 지키려는 이기심 사이에서, 사람들은 필사적으로 진심과 가장 다른 표정을 지어 보인다. 선생들은 경민이 우울한 음악을 듣던, 원래 그런 아이였다고 편을 먹는다. 그리고 아이들은 손쉽게 똘똘 뭉쳐 영희를 가해자로 만들어 유령처럼 떠도는 죄의식에서 벗어나려 한다. 사실 어느 누구도 진실을 원한 게 아닌 것 같다. 경민의 죽음에 자신이 조금이라도 관련이 없다는 사실을 증명해서 죄의식에서 벗어나게 해 줄 희생양이 필요한 것이다.

그래서 사람들은 마치 영희를 단죄하듯 폭력을 휘두른다. 그리고 자신의 폭력이 마치 정의라고 착각한다. 두려워서 비겁한 건 부모들도 마찬가지다. 영희의 아빠는 영희가 친구들에게 폭행당한 사실을 눈치 챘지만, 영희의 처신 탓을 하면서 아무것도 할 수 없는 무책임한 자신을 모른 척한다. 경민 엄마는 조금 더 비겁하다. 그녀는 온전히 경민의 죽음을 마주할 자신이 없다. 그래서 끝내 죄를 덮어씌울 영희를 살려 두고, 곁에 두고 싶어 하는 것처럼 보인다.

영희를 향한 적의와 폭력은 영희가 자살 시도를 하고 목소리를 잃은 후 손쉽게 사라진다. 아이들은 표정을 바꿔 영희를 응원한다. 그 과정에 소녀들은 또 다른 희생양을 찾아 단죄한다. 김의석 감독은 영화의 도입부와 중후반부에 영희가 수어로 친구들에게 이야기하는 것을 보여 준다. 첫 번째에는 자막 없이, 중후반부에는 자막을 넣었는데,

영희의 본심은 그렇게 목소리를 잃고 침묵한다.

사람들은 타인을 호되게 꾸짖어 자신의 죄의식을 감추고 위안한다. 〈죄 많은 소녀〉는 지긋지긋한 삶 속에 찾아온 한 소녀의 죽음과 끝내 살아 있는 주위 사람들을 통해, 이기심의 극악함과 죄의식의 나약함을 눈 돌리는 법 없이 끝까지 들여다본다.

감독은 소년의 성장을 위해 소비되는 소녀라는 다수 성장영화의 프레임에서 벗어나, 소녀를 이야기한다. 한 소녀는 그 긴 어둠을 끝내는 법을 먼저 알아챘고, 한 소녀는 계속 긴 터널 안에 갇혀 있다. 영화 속 영희는 죽을 것 같은 고통을 지나왔지만 빛을 발견하지 못하고 한 뼘도 자라나지 않았다. 영희의 세계는 자라나는 세계가 아니라, 침잠하는 세계다. 바로 우리의 세계처럼….

– 언젠가 이런 것들이 다 끝난다는 게 다행이지 않아?

**<죄 많은 소녀>** (2018)

개봉일 2018년 9월 13일
관객수 22,001명
감독 김의석
출연 전여빈(영희 역), 서영화(경민 엄마 역), 고원희(한솔 역), 전소니(경민 역)

영화 23 〈미쓰백〉

Film 23 <Miss Baek>

## 혀로 핥는 사랑

눅눅하고 축축하다. 습기 찬 바닥을 기어가며 사는 이들에게 찾아온 감정은 그렇게 젖어 있다. 부드러워 본 적이 없는 그 감정은 직선이고, 사는 게 지긋지긋한 그 마음은 잔뜩 휘어 꿈틀거린다. 그래서 닿을 듯 말 듯 애태우는 감정은 소멸되기도 전에 눅진거리는 바닥에 가라앉는다. 그래서 우리가 보는 것이 두 사람 사이의 애틋한 교감인지 두 사람이 나눈 것이 사랑인지 의심하게 된다. 야생동물처럼 날이 선 감정과 신경병적인 경계심은 상처받은 짐승에 가깝다. 그러니 어쩌면 영화 속 상아와 지은이 바란 것은 혀로 쓱 핥아 주는 위안이었을지도 모른다.

## 약한 자의 이름, 미쓰백

자신을 지키려다 어린 나이에 전과자가 된 백상아(한지민)는 그 일을 통해 알게 된 형사 장섭(이희준)으로부터 자신을 학대했던 어머니의 사망 소식을 듣는다. 그런 그녀의 주위에 학대받는 아이 지은(김시아)이 나타난다. 춥고 어두운 골목에서 만난 상아와 지은은 상처받은 짐승처럼 서로를 알아본다. 지은은 상아의 과거였고, 방치해 두면 지은은 상아의 미래가 될 것이다.

이 영화는 실제로 사회적인 파장을 낳았던 6개의 아동 학대 사건을 녹여냈다고 한다. 어린이 학대의 묘사와 그 잔혹한 방식에서 느껴지는 기시감이 관객들에게는 잔인한 고통을 준다. 그래도 외면하지 말고, 눈 돌리지도 말고 끝끝내 들여다보라고 들이민다. 그래서 자극적인 폭력의 수위에도 불구하고 숙연한 슬픔에 빠지게 만든다.

그리고 끝내 보고 만 불편한 장면들이 못내 불편한 뒤끝으로 남는 이유는 이 영화 속에 등장하는 여성 혹은 아동에 대한 폭력이 지금, 현재, 여기, 우리들 곁에서, 버젓이 벌어지는 일이라는 자각 때문이다. 그리고 우리가 자주 접했고, 분노했고, 손을 모았지만 공권력과 사회는 조금도 변하지 않았다는 사실은 씁쓸한 뒷맛으로 남는다.

〈미쓰백〉을 통해 관객들이 만나는 것은 지금 우리가 약자들을 대하고 바라보는 시선과 편견, 그 자체이다. 아동 학대 피해자를 품어야 하는 것은 사회적 보호망인데, 자꾸 가정이라는 가시덤불로 되돌려 보내지는 아이, 끔찍한 상흔을 입었지만 혈육이라는 보호자가 없으면 병원 치료도 받지 못하는 것이 현실이다. 아동 폭력과 성폭행의 상흔에서 벗어나지 못한 그녀는 백상아라는 고유명사 대신 스스로를 미쓰백이라 부르며 살아가는데, 미쓰백은 사회의 안전망에서 벗어난 약자들을 대변하는 이름이 된다.

**그러나 강한 이름, 미쓰백**

〈미쓰백〉은 결코 노력하지 않아서도 비겁해서도 아니지만, 변두리에서 살아갈 수밖에 없는 여성의 거친 손과 학대받는 소녀의 손을 맞잡아 연대의 고리를 만들어 가는 영화다. 피해자와 가해자, 대상과 주체를 여성, 엄마, 계모로 특정화하여 한정지은 것은 조금 아쉽지만, 지금 우리가 듣고 보아야 하는 이야기가 여성에 관한 이야기라는 점에서 이 영화는 커다란 동그라미가 된다.

을씨년스러울 정도로 색감이 없는 화면 속에서 격앙된 감정의 흐름을 정점에서 계속 이어 가야 하기에 숨 가쁜 영화 〈미쓰백〉은 배우들을 통해 제대로 숨을 쉬는 영화다. 이 영화에는 우리가 늘 안다고 생각했지만 사실은 한 번도 제대로 보지 못했던 배우 한지민이 담겼다. 묵직한 화두가 씩씩하지만, 가끔 서사가 비포장도로처럼 털털거릴 때도 있다. 그때 권소현, 이희준, 김시아, 장영남 등 배우들은 스스로 서사가 된다. 그래서 끝내 뿌옇게 드러내지 않은 이야기의 뒷면을 한 번 더 상상하게 만든다. 예측 가능한 결말이 에두른 봉합이 아니라 시작이라는 점에서 〈미쓰백〉은 끝내 응원해 주고 싶은 영화다.

– 나는 너한테 가르쳐 줄 것도 없고, 해 줄 것도 없어.
대신 네 옆에 있을게.

**<미쓰백>** (2018)

개봉일 2018년 10월 11일
관객수 723,110명
감독 이지원
출연 한지민(백상아 역), 김시아(김지은 역),
이희준(장섭 역), 권소현(주미경 역)

영화 24 <82년생 김지영>

Film 24 <KIM JI-YOUNG, BORN 1982>

## 찢어지고 끊어진 시간의 매듭

아주 어린 시절 내가 온전히 내 시간의 주인공이었던 시절도 있었다. 하지만 사람들과의 관계가 깊어지고 넓어질수록 나는 내 시간을 이리저리 나눠 써야 하는 순간들을 맞이한다. 아주 어린 시절부터 우리는 부모님과 선생님을 기쁘게 해 주려고, 친구들과 좋은 관계를 유지하기 위해서, 연인과의 관계에서 사랑을 나누고 받기 위해, 직장에서 승진하고 인정받기 위해 내 시간을 자꾸 쪼개어 나눠 쓰게 된다. 그러다 수많은 사람과의 만남에서 내 시간이 산산조각이 나는 순간을 맞는다. 그리고 결정적으로 아이의 부모가 되면 이래저래 나눠 쓰다가 내 몫으로 저장해 둔 시간이 사라진다.

## 그녀, 그, 우리 모두의 이야기

지영(정유미)은 국문학과를 졸업하고 광고기획사를 다니던 회사원이었다. 대현(공유)과 만나 결혼한 후, 딸 아영을 낳은 뒤 노을이 질 때면 가슴 한편이 '쿵' 내려앉는 것 같은 산후 우울증을 겪는다. 자꾸 자신의 엄마와 할머니로 '빙의'하는 지영의 증세 때문에 대현은 정신과를 찾게 되고, 이를 지영의 가족들도 알게 된다. 김지영이 사회적 차별 속에서 어떤 고통을 받아 왔는지 되짚어 가는 르포 형식의 원작 소설과 달리 영화 〈82년생 김지영〉은 출산 후 산후우울증에 걸린 김지영의 현재를 중심으로 그녀 주위 사람들이 그녀를 이해하고 그녀의 손을 잡아 주는 과정으로 이야기를 정돈했다.

영화 〈82년생 김지영〉은 수많은 관계들 속에서 여전히 '좋은 지영'의 역할을 감당하고 있던 한 여인이 찢어진 시간을 혼자 오롯이 감당하지 못하는 현재로 쏙 들어간다. 그리고 자신도 모르는 사이에 생긴 상처, 사람들의 이해와 나의 용기가 만나는 시간을 그린다. 김도영 감독은 과장되지도 화려하지도 않은 시선으로 우울증을 겪고 있는 한 여인과 그녀를 둘러싼 가족들을 담담하게 관찰하면서 이야기를 풀어 간다. 영화적 기교가 없는 덤덤한 화면이 심심하지만, 그래서 이야기는 더 쉽고 정갈하게 마음에 와닿는다.

많은 사람들의 입장과 차이를 잔잔하고도 설득력 있게 그려낸 덕에 관객들은 손쉽게 누구 편을 들지도 않고, 또 쉽게 누군가를 힐난하지도 않는 태도로 오롯이 '지영'이라는 한 여인과 그 주위의 사람들까지 골고루 살펴볼 수 있는 시간을 가진다. 여성을 피해자로, 남성을 가해자로 나눠 버리는 편견이나 또 다른 차별의 문제는 최대한 배제하고 있기 때문에, 격앙된 감정이나 공분 없이 마음에 가닿을 수 있다. 어쩌면 사회생활과 육아, 그리고 좋은 아들과 남편이 되려고 서툰 노력을 기울이는 대현의 이야기로 바라봐도 큰 무리가 없을 만큼 영화 속 인물들은 모두 우리처럼 부족하지만 애쓰는 인물들이다.

## 우리, 시간을 돌려주기

영화에서 우리가 지켜봐야 하는 주요한 지점은 지영의 우울증 증상을 처음 알았을 때, 사람들의 반응이다. 지영의 남편 대현은 '나 때문에 이렇게 된 건 아닌지'라며 오열한다. 사랑하는 사람의 우울증을 마주하면서 사람들은 일종의 죄의식을 느낀다. 그리고 그 죄의식은 자꾸 약해서 비겁해지는 순간을 만들어낸다. 상대방을 먼저 이해하고, 받아들이려는 노력에 앞서 '우울증'이 나 때문에 생긴 것은 아니라는 것을 확인받고 안도하고 싶어 하기 때문이다. 어쩔 수 없이 약해지고야 마는 그 순간을 넘어서야 상대방을 이해하고 위로할 수 있다.

세상에는 나조차 어쩔 수 없어, 아픈 순간이 있다. 〈82년생 김지영〉은 뭉텅 잘려 나간 시간 속에서 아픈 우리의 친구, 어쩌면 나의 가족이 겪었을지도 모를 상처에 대해 이야기하는 영화다. 원작 소설이 '지영'이라는 인물을 통해 대한민국의 여성들이 겪어 온 차별을 강조한 것과 달리 영화 속 지영은 여성을 대변하는 상징이나 고유명사가 아니라, 이번 생이 처음이라 서툴고 힘들어 어쩔 도리가 없이 제자리를 맴맴 돌고 있는 우리가 된다. 더불어 김도영 감독은 지영으로 이야기를 한정 짓지 않고, 각자의 입장에 마음을 나눌 다양한 인물들의 목소리와 표정을 고루 나눠 담았다.

영화 속에서 특별히 주요한 장면은 아니었지만, 마음에 박히는 몇 장면들이 있었다. 지영의 전 직장 선배는 가끔 지영을 찾아와 살피고, 휴일에도 지영이 부르면 찾아와 만난다. 심장이 쿵 내려앉는 것 같은 표정이던 지영은 선배와 함께 있으면 말도 많아지고 밝아진다. 변함없이 사회생활을 하고 있는 선배를 통해 자신의 과거와 만나고, 또 미래와 이어지는 것처럼 보였다. 그런 지영을 위해 선배는 기꺼이 자신의 시간을 나누고 있었다.

〈82년생 김지영〉은 하고 싶은 일을 다시 할 수 있는 시간, 나를 위해 자신의 시간을 나눠 줬던 부모님의 시간을 다시 빼앗지 않으려는 배려, 찢어진 시간의 발에 턱 걸려 넘어진 상대방의 마음을 헤아리는 것, 그리고 그 시간을 함께 기워 보고 묶어 주려는 배려에 대해 이야기하는 영화다. 그리고 상대방의 시간을 되돌려주기 위해 나의 시간을 나눠 줄 수 있는지 묻는다. 어쩌면 희생과 배려는 아주 얇은 습자지를 사이에 두고 서로를 비추고 있는 건지도 모르겠다.

– 지영아. 너 얌전히 있지 마. 나대! 막 나대!

**<82년생 김지영>** (2019)

개봉일 2019년 10월 23일
관객수 3,670,000명
감독 김도영
출연 정유미(지영 역), 공유(대현 역),
김미경(미숙 역)

END

나는 아팠고, 어른들은 나빴다
2021년 8월 25일 1판 1쇄 펴냄

지은이 최재훈
펴낸이 김성규
편집 김은경 조혜주 김도현
디자인 김동선
펴낸곳 걷는사람
주소 서울시 마포구 월드컵로 16길 51 서교자이빌 304호
전화 02 323 2602
팩스 02 323 2603
등록 2016년 11월 18일 제25100-2016-000083호

ISBN 979-11-91262-46-9 04800
ISBN 979-11-89128-13-5 (세트)